台灣原住民04

最後的獵人

拓拔斯・塔瑪匹瑪◎著

晨星出版

【推薦序】

山靈的歌聲

吳錦發

一

記得第一次看到田雅各的作品，是在一九八一年的冬天，那時我還在台灣時報主編副刊。有一天，和葉石濤先生閒聊，葉老突然向我說，他最近看倒一篇很奇特的小說，那是他應高雄醫學院南杏社之邀，當文學獎評審時看到的，題名叫〈拓拔斯．塔瑪匹瑪〉，是一個布農族的學生寫的，當時這篇小說剛得到南杏文學獎小說類第二名（第一名從缺）。

由於我從大學時代就對台灣的山地文化極有興趣，聽到葉老這番話，我便想辦法和高醫阿米巴詩社的同學取得了聯絡，並請他們複印了那篇小說給我。

那篇小說，我幾乎只唸了兩張稿紙，便已確定了是一篇風格獨具的好小說，一顆心怦然激烈地跳動起來，我強抑著內心的激動，一口氣把它唸完；然後，馬上打了一通電話給葉老，在電話裡，我近乎不禮貌向他表示；這篇小說給予第二名的評審是不當的。我覺得它不但應得到第一名，甚至，我認爲那篇小說是當年截至當時我所看到的國內最好的小說。

葉老是一個謙和的人，他很平靜地在電話裡和我討論了那一篇小說，詳細解說他對那篇小說優點和缺點的看法，然後他很和氣地說：「他可能正如你所說，是個天才，但只憑一篇小說來論斷他，對他也不一定是件好事，你說是嗎？」

只是，當時我想葉老並不完全了解我的心意，從大學時代起，我就一直斷斷續續做著山地文化的研究工作，在多年和原住民同胞接觸的經驗中；我一直很欣賞他們的文化特色，特別是他們美麗、淒迷而充滿神祕的神話和傳說；我曾暗下決心，有朝一日，我一定要好好替他們整理出一套文學選集。後來我也試著以山地部落爲背景寫了兩、三篇小說，但始終不滿意；我很清醒地自省到：我雖然關心他們，但我畢竟無法眞正進入他們

推薦序

山靈的歌聲

的心靈深處，寫出他們眞正的思維和生活。

所以，當我第一次看到一篇由原住民同胞自己寫出的小說，而且寫得如此獨特優美時，我便像發現了寶藏一般感到雀躍起來，甚且，我腦海裡竟湧現出一個奇怪的念頭：「這才是眞正的台灣文學吧！」

那篇小說，後來很快地分兩天刊載在我主編的台灣時報副刊上，在刊載的第一天，我就接到了李喬從苗栗打來的長途電話，他劈頭一句話就向我說：「這是一篇不得了的東西，你要特別留意這個作者！」

小說刊完，入選了當年爾雅出版的「年度小說選」，同時也入選前衛出版的「台灣小說選」，李喬還一反謹愼的常態，寫了一篇短評，稱譽田雅各是「一個新星的誕生」。

後來，我經由阿米巴詩社的介紹，認識了雅各，我們很快便成了無話不談的莫逆之交。

我發現他對於第一篇小說便得到那麼多讚美之辭，表現得好似一點也不在乎的樣子，這大概是由於他樸實、木訥的外表和拙於言詞的個性使然吧！

隨後，他差不多每隔兩、三個月，便有一篇作品完成寄來給我看，並委託我替他投稿到各報章雜誌上發表，於是〈最後的巫婆〉、〈夕陽蟬〉、〈最後的獵人〉、〈侏儒族〉、〈馬難明白了〉……一篇一篇風格獨具的作品，或在我編的副刊上，或經由我的手轉寄到各個地方發表了；我想，當我看到他的第四篇小說〈最後的獵人〉時，我對他寫作才華的肯定，就再沒有任何疑惑了。

二

我認為田雅各的小說之所以迷人，乃是因為它具有以下幾種特質：

(一)他所運用的小說文字有種奇妙的韻味：大凡一個有高超寫作技巧的寫作者，都能體會到，文字事實上是一種有聲音、有顏色、有速度、有重量、有味道的東西，當一個作者能把文字的這些特色掌握得恰到好處時，文章便會成為鮮活的有機體，處處流露出它獨特的脈動來。

田雅各的小說，奇妙的是，因爲他特殊的原住民文化經驗，使得他對音律、顏色有特別敏銳的感受，形之於文字時，便使得他的文章處處充滿了音律、顏色之美，因而他的小說使人讀起來，感覺就像聆聽一首山靈的歌聲，抒情而緩慢的調子直沁人心，使人讀罷仍沉浸在那種既神祕又淒美的氣氛之中，久久不能自已。

田雅各小說文字另外還有一項特色是：它雖然是用「中文」寫作的，但是仔細分析起來，那小說中所運用的「句型」卻常常不是標準的「中文式」的；田雅各曾向我透露：他寫小說，是先在腦中用「布農語」寫好，再「腦譯」成中文寫出來的。這眞是一段驚人的剖白，原來田雅各的小說之所以給人「奇妙獨特」的感覺，乃是因爲他用屬於南島語系的「布農族語思考，然後用「中文」的型式呈現出來，把「南島語系」和「漢語系」的句法，做奇妙的融合，這恐怕也是台灣作家從未有過的「創試」吧，單從這個角度看，田雅各的小說文字就有値得文學專家們深入研究的價値。

(二)他的小說表現出豐厚的族群性和生活性：田雅各小說的各項特質

中，最迷人的，還是在於它具有一種獨特的族群性格——特別是屬於布農族的；這種特性，表現在處處充滿幽默自嘲的對白中，或細膩的布農人生活習俗的描繪。（〈安魂之夜〉、〈最後的巫婆〉、〈最後的獵人〉、〈伊布的耳朵〉……等篇中皆有大量此類的描寫），甚至，有時表現在最細微的時間、數字的概念上。譬如：他在最近發表的小說〈懺悔之死〉中，有一句話他竟這樣寫著：「過了公牛一次小便的時間，他……」用公牛撒尿的情形來形容時間的長短，眞是絕透了，換作漢族系的作家，一定會用約定成俗的「一會兒」或「片刻」或其他的什麼吧？但我們仔細想一想，用「公牛一次小便長的時間」，是不是比這些我們常用的詞句顯得更生動，更有生命力，更能點出布農人和動物之間的情感呢？類似的這種句子在田雅各的小說中俯拾皆是，這種奇特的，具有布農文化特色的句子，遂使得田雅各的小說充溢著豐美的族群性格。

和這種族群性格有著密切關係的，是他的小說還有著細膩的生活性，大體說起來，田雅各的小說故事性都非常低〈除了〈侏儒族〉這篇例外〉，他的小說都是經由細緻的日常生活的描繪，像疊磚塊一般，一塊一塊疊起來的，所以在田雅各的小說中，幾乎很難得看到有什麼戲劇性的情節轉折，但是看完他的小說，我們卻會清晰地意識到，我們好像眞的看到了一群「眞實的人物」在山林裡實實在在地生活著。這種眞實的，有血有肉的感覺，完全得歸功於他那種細緻的生活的描述，更重要的，這種細緻的寫實技法，遂使得他的文學遠離「虛僞」的陷阱，使他的文學免於落入「謊言」的危機，這是他的文學中表現得最卓越的地方，也正是時下一般以盲目模仿西方文學前衛技法而洋洋自得的台灣年輕作家最缺乏的特質。

也由於這種深厚的寫實功力，因此當我們看到田雅各筆下的台灣森林景象時，我們不得不被他那種獨特的觀察和美妙的筆法迷惑，而禁不住讚嘆不已了；爲了證明我不是信口開河，我們不妨來看幾段他在〈最後的獵人〉這篇小說中對台灣山林景色，以及布農獵人打獵的描寫：

①凌晨，雲霧漸漸逃離山谷，向四周擴散，好像害怕人們知道是它們造成冰凍的夜晚似的，公雞聲此起彼落，男人劈柴的聲音與獵

狗吠聲，也趁太陽未出來同時奏起，此時已有幾戶人家點起火柴，煙囱上吐著黑煙，在這裡從來沒有人想到黑煙會造成空氣污染，因爲部落的人民相信黑煙會隨著雲升上天空。

②十二月的清晨，氣候凍寒，樹葉枯黃，山坡多了幾種色彩，由山谷到山峰，顏色由漆黑漸漸棕黃而亮白，像一幅童畫，沒有整齊劃一的設計，看來雜亂，但卻令部落的人不得不稱讚它們美妙的組合。

③一陣陣尖叫、高呼，卡車喇叭聲似的嘶吼，叫撒布爾伊斯昂的鳥也不停地叫著，牠們開始由樹頂往這山谷活動，在月光不再照明山谷之前，牠們陸陸續續鑽入樹幹裡的洞穴及山洞，牠們喜歡居住在洞穴裡，和人類一樣沒有安全感。

④溫泉蒸發的水氣漸漸聚集成薄霧，冉冉驅散在樹林間，被晚風吹動在半空中形成漩渦，月亮在漩渦裡翻轉，使得森林愈來愈模糊……。

⑤不知不覺地，他走到河床來。他跨大步跑到水邊，倒下來把嘴伸

到水裡喝水，河水冰冷，弄濕他蛀了蟲的大門牙，他利用月光的照明，找到一個河水的支流，撿一些樹枝，樹葉與泥土，把另一個水道的水擋住，好讓水道的水流乾，不到五分鐘，光滑的石頭一個個冒出來，留下幾處水坑，比雅日很輕鬆地抓到了十條手掌大的魚，看不清抓到什麼魚，幸好森林裡沒有不可吃的魚。（這眞是令人讚嘆的原始而充滿智巧的捕魚法。）

⑥伊凡重新追著深且新鮮的足跡。比雅日蹲下查看，他確定是隻獨自散步的山羌，五公斤多重，昨晚路過這裡。他緊跟著足跡，不到五公尺，大部分的痕跡被山豬踏壞了，而又躲入柳樹林裡，比雅日也跑進去，這一帶鋪滿了石子與石片，再進去有一處寬濶的黑泥土空地，這裡有更多的足痕，到處是山羊、山豬的糞便，有一處像似窩巢的凹地，除了留下糞便，還有一撮棕色的毛，比雅日撿來聞一聞。

「伊凡，快上來，這裡昨晚有野豬住過，看住牠的腳！」

（從觀察野獸足印，便可判斷是什麼動物、有多重、何時路過，

這豈是平地獵人所能做得到的事？）

(三)田雅各小說第三項迷人的特質在於：他的小說有著深刻文化思考。（特別是站在原住民的立場，對平地漢人文化入侵山地，造成強勢文化對弱勢文化侵略的種種憂思與抗議；收入這本集子裡的大部分小說，都反應出田雅各在這方面的思考。）

譬如：〈夕陽蟬〉用科幻手法描寫出「觀光文化」對原住民固有文化的摧殘，這種摧殘甚至威脅到整個種族的生存空間。又譬如：〈馬難明白了〉描繪了台灣漢人所寫的歷史，如何站在「大漢沙文主義」的立場，虛假地塑造了吳鳳的仁者形象，而扭曲了原住民的眞面貌。其他如〈拓拔斯·塔瑪匹瑪〉描述山地保留地，漢人法律對原住民生活的干涉等等問題，凡此種種，處處都反應出兩種文化在接觸衝突的過程中，衍生的諸多問題，田雅各始終以著一種悲憫傷痛的眼神，注視著他們族群一步一步走向衰敗的道路。那種緩慢的調子，譜成了一首亙古的山林悲歌，深深打動了我們的心，灼痛了我們的良知；田雅各恰像那傳說中的山靈，沉默地坐在月光下的樹梢，俯看著山林間上演的一幕接一幕的悲劇……。

三

認眞地說起來，當然田雅各的作品也不是沒有缺點，有時候他過度讓想像力奔馳，而有草原放馬離開故事主線的危機（如〈安魂之夜〉、〈最後的巫婆〉），有時候他對數字的概念不清楚（如他在〈撒利頓的女兒〉中寫幾甲地的葡萄園一年收入好幾萬元，竟說很賺錢！）或者，他偶而也出現文字糾纏，意思表達不清的毛病（那大概是因爲有些布農話很難用中文寫得恰到好處），但整個說起來，田雅各在這本集中的表現，的確値得大家矚目，從這本小說集，我們可以清楚看到田雅各作爲一個作家的無窮潛力，由他的小說中所散發出來的旺盛生命力，正是如灰燼般逐漸失去光熱的台灣現代文壇最好的薪材吧！

最近，台灣的文學突然有了排灣族莫那能、達悟族施努來、泰雅族柳翺（瓦歷斯．諾幹）等人的詩，波爾尼特的散文，以及現在田雅各小說的加入，我想經過一段時間的揉合，摧化，遲早會使台灣文學產生「質變」，終而成爲一種新而自主的文學吧！我如斯禱念著。

我更期待的是：田雅各能以這本小說集做爲一個好的開始，持續不懈地努力，替他們的族人，也替台灣——我們共同擁有的美麗的母土，寫出更有尊嚴、更具前瞻性的作品來，我這樣的悲願，此刻正坐在蘭嶼衛生所面對婆娑之洋的田雅各醫生，你聽到了嗎？

【作者序】

寫作的最終目的

拓拔斯．塔瑪匹瑪

喜愛文學始於幻想的年齡，我的理想世界往往在腦裡編造而成，或由他人的著作引得想像。

對寫作的執著始於阿米巴詩社朋友及幾個作家前輩的鼓勵與愛護，僥倖得吳濁流文藝小說獎之後，就如打了一針興奮劑，更有信心地寫下去。

開始認識漢字至今，不論是被輸入或自己獵取的文字裡，發現中國由許多民族漸漸融合而成，併吞歸化邊疆民族而壯大，但這些擁有美麗土地的可愛民族失去生命似，他們少見於中國文史上，我看到的只是南蠻北荒，或詩人、作家歌詠邊疆風光之美與土地肥沃，於是出兵討伐，給後代的印象如此罷了。

我確信他們也具有比漢人更好的社會制度、更浪漫的愛情、更英勇的武士……等等。

我慶幸被一些作家視爲卡飛阿日（朋友），讓我有機會發表我族人不同的經驗，且容納我生硬的國語。

寫作的最終目的，仍是想藉文字使不同血統、文化的社會彼此認識，以便達到相處融洽的地步，二來以自己粗淺的著作，引出先住民對創作產生興趣。

這本是我的第一本書，感謝晨星出版社的幫助，得以將四年以來的拙作展現給社會上喜愛文學的朋友。

目次

最後的**獵人**

拓拔斯．塔瑪匹瑪

競爭結果，高一等的生命
靠低層次的生命維持生存

車子在一個轉彎處緊急刹車，我的頭正好撞上窗玻璃，張開眼睛四處望望，才知道自己已經離開城市。平原隨著公路愈走愈窄，車身也愈來愈傾斜，這裡快接近山區，兩旁站立老老的樟樹，施放令人清爽的氣味。我打開窗子，好讓沒有塵粒的空氣吹進來，旁座的老太太問我那緊急刹車是怎麼搞的，從別人吱吱喳喳的話堆裡，找著一個很正確的答案，原來是一隻小牛穿越公路時嚇急了司機，她知道答案之後，又很放心地睡。高中時通車上學，當經過這裡，就自然而然地面孔朝外，不再焦慮那天要考什麼試。黑龍狀的濁水溪沒多大改變，除了水道分爲三支分流，沖積平原的水田一塊黃，一塊白，今年的休耕期較往年提早幾天，蜜蜂早在那裡忙著搬運食糧。梯田裡沒有一個出力的農人，只剩兩個看來強壯的稻草人，不曾離開崗位，一群痲雀正把其他倒地的稻草人啄得稀爛，翻翻稻桿，吃殘存的穀子，可能是報復稻草人於炎熱時欺騙他們。有些痲雀離開稻草人，在田裡它們找不到一點可吃的糧食，因爲這裡的農人有燒光稻桿的傳統，他們認爲這樣可以使土地肥沃，事實上，他們每年必須多買一些肥料，補給欠收的田地。看看路邊的標誌，連續彎路、右彎、左轉，它們日日夜夜提醒駕車的人，下一個是左彎，然後一個短短的山洞。車子一路上像頑皮的小孩搖擺屁股，讓乘客有韻律地東倒西歪，只是累了男女授受不親的信徒，他們要付出一股抗力，免得壓到旁座的人。司機也隨著車身搖擺，誇大他的動作，有時上坡有時下坡，好像乘著渡輪那般快活，不像火車那麼嚴肅，更不像市內車那麼暴躁。遠處一座水泥橋慢慢伸展過來，我擱下看風景的心情，趕緊拿下行李預備下車，每次快到站時總會緊張，因爲我不願越站而受收票員的責罵。

山腳下有三個建築物，除了候車亭之外，還有顧橋的老兵所住的房子，以及一戶住家。招呼站沒有任何人，平時在這個時候已經沒有人下

山，除非送病患到醫院或貪吃的情侶。四點半太陽快不見了，我走過檢查哨，有位身材高眺的老哨員走出哨亭，看起來就是肺結核的樣子，軟骨發育不良的塌鼻子被凹陷的兩頰挺高，兩個眼窩深得沒有精神。他打量我一眼，好像不曾看過我，以爲我不是部落的人。頓時心裡有些自喜，我已白得認不出是山地人，可以比部落的人高級一等。他開口問我，不待他說完我搶著說：「布農撒」（註1），他點點頭讓我通過，但他仍不怎麼相信，看著我，直到我看不見他。他剛派來不久，兩個月前回家時沒看過他，他實在太老了，是不是因失職被調到這寂靜的關卡，還是政府讓他來此地方養病，到退休爲止。在平地失職的公務員，往往被送來山上反省，人民的褓姆也不例外，他是我所見過最老的。哨卡後有一條兩百公尺長的吊橋，是部落與外界交通唯一的橋樑，橋身因去年的水災而傾斜，愈走愈近橋中間愈害怕，如果橋斷了，我怎麼辦？去年冬天有一位國中生不小心跌落橋下，從那事件之後，勉強感動疏忽這橋的人，拔去幾十年的橋板，換上新的好木板，然而仍無法矯正可怕的傾斜。對面有車子鳴喇叭，我高興地跑，不管橋的跳動是否會把我彈出去，坐上了車就不用再走一小時的

註1.布農撒：我是山地人。

路。

車子開始冒黑煙。

「喂，喂，還有一個人走過來。」車內的人似乎齊聲喊叫，司機聽到車內的叫聲，從右後視鏡看到我，車子停住了。上車用的自製木梯已搬上去，我先把行李丟進車內，左腳墊著一條橫桿，右腳翻入車內，好在靠外面坐的人拉我上車。司機重新發動引擎，開始上路。我穩定重心，而後坐到抱差不多五個月大嬰孩的少婦旁，車子已坐滿客人，但還可以讓十個乘客站著，這輛車從來沒有以客滿的理由拒絕客人乘車。它是二手小貨車，兩旁用木條圍成的長椅子，只是它們可以移動，而且距離很近。車頂是黃色帆布搭成西部似的車蓬，爲了預防山裡多變的天氣，只有後面有出入口，以及旁邊的四個小洞。

年輕的司機老闆是個退伍軍人，當年爲領一隻手錶和一個手提袋（註2）讀士校。退伍那天，帶十五萬元退休金回部落，他的家族殺豬宰羊慶賀，並且爭著目睹十五萬元鈔票，他們的手從來沒有過萬元以上的錢。他爸爸問他將來有何打算，這麼瘦的小腿，怎能趕上犁田的水牛。他

註2.手錶和手提袋：係鄉里為鼓勵子弟從軍報國之贈品。

早已想到父親不可能把水田留給他，所以早已計劃買這輛車，繼續生活下去。十幾歲時，他是稻草堆中很活躍的小酋長，在宣誓當小酋長儀式中，大聲喊大家合力消滅敵人，領著小鬼和我，攻打敵人用稻草堆成的城堡。小孩遊戲的記憶裡，他天生擁有布農狩獵、伏擊的技巧，而他現在，厭惡鋤頭、籃子和水牛，每天忙於轉轉駕駛盤到晚上。

車內非常安靜，除了排氣管，及鬆了螺絲的鐵板碰撞聲。他們的視線一個個離開我身上，車內就開始有交談的聲音。

「平安！你去過哪裡？」一個長得魁梧頭髮黑亮的老人向我問安，他的額頭掉了許多毛髮，又換上層層皺皮，他是部落長老中的老實人，住在部落最高的土坵。

「平安！笛安，我剛打獵回來。」烏瑪斯搶先回答。笛安看到我尷尬的表情，直接問我回家嗎？我點點頭，沒有回答。

「你呢？怎麼你兩個大腳掌穿起皮鞋來。」烏瑪斯摸鬍子歪著頭看笛安的腳。

「你可能不會相信，這雙是借來的，今天我去台中辦一些事。雖然我常常在年輕人面前訓話，但是今天在台中，我緊張得說不出話來，說眞的，我上了法院。」笛安呑呑吐吐地說道。少婦懷裡的小孩突然大聲哭叫，她趕緊抱起來搖搖，口裡小聲地說話，好像告訴懷裡的兒子不要哭鬧，回去會買牛奶給他。她把嘴拉成一直線，擠成圓圈，裝鬼臉，小孩沒理會她的安慰。她臉紅地兩眼看看其他人，害怕讓他們說她不會養小孩，這是布農族女人最不願意聽的批評。她曾是部落最活潑的女孩；不像布農少女天生就害羞，前年冬天嫁人，那時她才十七歲，大家都稱呼她——珊妮・卡油（註3）。

「對不起，珊妮。我太大聲了，吵醒妳的寶貝。」笛安不好意思地說。

「不要緊啦，可能是頭痛而哭的。」珊妮搖搖沒有效，於是把紅外套脫下包著孩子，取下花色上衣第一個鈕釦，手解到第二個鈕釦時，手指停住，不知想什麼，好像後悔拉開第一個鈕釦，又好像努力想想，還有沒有更好的方法哄小兒子。

「碰！碰！」前輪踢到一塊石頭，司機沒有減慢車速。

註3.卡油：布農話：較開放之意。

「碰！」這次的聲音早早已預料到，後輪也碰上那石頭。珊妮的上眼瞼隨著眼珠下落，看著仍在哭鬧的孩子，解開第二、第三個鈕釦，把乳房從寬鬆的乳罩拖出來。我把眼光移向車外，橋上四、五個模樣相似的國中生跑著，望著我們這裡喊叫，但已經遠得聽不見他們叫什麼。

「算了！不要等他們，讓那些年輕人多走路，想想以前我們祖先在樹林追逐山鹿、野豬，從一處山谷趕到另一處山谷，那些年輕人還有鞋穿，這段路不算什麼。」獵人烏瑪斯開口又趕緊閉口，這是他說話的習慣，不講話時，他用力閉著嘴唇。

原來他們也向著外面看。經過一個大彎之後就看不到吊橋，想到那些國中生，可能爲了想在學校多看一點書，說不定是在外面貪玩，而錯過這輛車。他們將要在愈走愈暗的路上行走一小時。

「太可憐，他們爲什麼不早三分鐘到呢？如果我告訴司機後面還有人，也許他會停住車，不管他是爲了錢或爲了同情他們的腳，我不應該被烏瑪斯說服。」我把頭縮回車內自言自語。

小孩的哭聲停止了，嘴被紅紅胖胖的乳頭完全堵住。珊妮慢慢地提高額頭，好像得意於自己控住兒子的哭聲。

「珊妮，妳眞會哄小孩，好女人理當受人稱讚。他是第一胎嗎？聽他的哭聲，我就知道一定是男人。如果，哈哈……妳的大乳房來塞我太太嘮叨的嘴，嘿嘿……我回家就……」

「高比爾你這老酒鬼，可不可以少說幾句，躺著想想回家之後如何對付你老婆，我看你今晚睡車上不要回家。」烏瑪斯提獵槍教訓酒鬼。高比爾看到車內沒有和自己一樣幽默的人，小小笑一聲，又躺下去。珊妮紅著臉瞪著高比爾，想講他幾句。

「笛安，剛才你說去台中法院是嗎？幹什麼事？」烏瑪斯好奇地問。珊妮轉過頭來，聽笛安說台中法院的事，她不再管躺下的高比爾，因為高比爾也不理會她。

「兩個月以前，我收到一封信，唸小學六年級的孫子沙庫幫我看，說是台中法院寄來的，要我上法院，當初我想沒有什麼認識的人在台中法院，他們可能搞錯，因此沒有去。過幾天又收到台中法院來的信，說我偷了國家的東西，啊，不是，是林務局。」笛安怕我們聽錯，所以慢慢地

說。

「台中好玩嗎?聽說那裡可以買到許多小孩的玩具眞的嗎?」珊妮插了嘴，她的兒子睜大眼注視她的下巴。

「好在村長的兒子比恩幫我忙，才找到台中法院。」

「有沒有戴帽子拿槍的人?」烏瑪斯指著自己的獵槍問道。

「只有警察，好像有槍，但沒有比你的長。」

「噢噢，眞不公平，警察可以到處用槍，獵人要用槍還得受他們控制，警察的槍不是來打山豬，聽說有一個城市的警察，用槍誤殺好人，而我們子彈不曾傷過人。」烏瑪斯很不服氣。

「幹伊娘。」高比爾從城市只學會這句話，他視那話爲舶來品那般耍弄。

「又不是聽你們的，笛安快繼續說。」珊妮對法院突然有興趣，我對笛安的遭遇也感到好奇。

「法院的內廳很大，非常安靜，那問我話的人穿長袍，臉色陰森。讓我想想看，像什麼樣的人?啊!反正在部落找不到那種臉。周圍還有幾個人，穿得整齊且清潔，不像高比爾那件上衣。我那時非常不自在，好在比恩陪我，幫我把話翻成國語。」

「有沒有森林那麼陰冷，聽說法院是罪人贖罪的地方，但是大部分的人無法清白地出來。」

「不要嚕嗦，講你只要犯什麼錯就好。」高比爾拉長脖子，抬高下巴用國語慢慢說道。他有語文天才，懂得曹族語、泰雅族話以及日本話，他正學國語與閩南話，但他的造句必須重修。

「好，在熱天氣的時候稻子收完，我正沒事做，想到今年下雪時節，兒子要娶老婆。就是我最小的兒子勞恩，他們需要一張新床。」

「當然啦，哈哈，年輕夫妻的床架一定要堅硬，才會早生男丁，也不會吵到你們老夫妻，這是經驗。」我被酒鬼這句話逗笑，酒鬼一向是很幽默，偶而有些話令人噁心，但沒有惡意。

「我一向要求每樣事情都要完美，費許多心思設計，希望博得媳婦的孝順。所以去森林找堅硬且花紋美的櫸木，如果做杉木床，生不到第三個，床可能就下陷。就這樣林務局說我偷他們財產。我想眞誠跟他們溝

通，告訴他們詳細情形，台上那些人根本沒看到我偷東西，他們不應該一直說我是小偷。我不是在別人的土地砍樹，是在荒山野地的樹林。但他們一句也沒聽，即使比恩講累了。那些人只問我有沒有砍樹，這樣就斷定我偷盜，他們永遠不會了解我。」

「你會不會被綁起來關在監獄，像電視裡的壞人一樣，」一個可能不到十五歲，頭髮及肩的小弟弟好心地問。

「不要沒禮貌，小孩怎麼在大人面前插嘴，想當年如果像你這樣，早就被丟出去了。」那小弟的姐姐拉他的頭，叫他不可出聲。烏瑪斯教訓那小弟之後馬上閉口。

「可能關六個月或賠償。」

「不要理會他們嘛！看他們敢來山上嗎？來抓你時就來找我，我用祖先那招，把他們餵給濁水溪的魚。雖然我快六七十歲，我十歲那年，曾跟父親獵人頭。」高比爾通通喉嚨鄭重地說。拉起長袖子，展示過度生長的三頭肌。

「算了吧！你這個老酒鬼，喝幾杯就變得那麼勇敢，現在的時代不需要你這種勇士。聽說族人有次攻打曹族，你的祖父以大便爲由溜回部落，被頭目痛打，不是嗎？他怎麼可能有勇敢的種子？哈哈……」珊妮故意掀出他家族的糗事，報復高比爾對她的輕薄。高比爾知道自己講酒話，珊妮不該那麼認眞，他不敢再說下去。

「姓林的是什麼樣的人，有你那麼壯嗎？小腿有你的那麼圓嗎？他怎麼可能到搭服蘭森林，種那些樹？亂講。」珊妮不愧是快舌婦，差點聽不出她講什麼話。

「林務局不是人的名字，是政府的一個機構。其實也不是他們派人上山種那些樹，只是有規定，那些貴重値錢的樹是國有財產，他們有砍伐權，當然我們可以向他們申請購買。」我解釋給他們聽，好讓他們不再誤會。

「拓拔斯．塔瑪匹瑪，那些樹眞的値錢嗎？一個根値多少錢。」

「錢錢錢，錢是最髒的東西，壞人摸過，大便沒洗手的碰過，賣皮的淫婦可能揉過，反正錢不是好東西。」烏瑪斯對珊妮說道。

「有錢可以吃麵、玩電動玩具，你不知道，你可以買的東西。姐姐

和我工廠工作的薪水，加起來有九千塊，我們不愁吃穿和玩樂。」他姐姐來不及堵住他的嘴，也點頭贊成弟弟的說法。

「對對，你聽到了嗎？這些小鬼也知道錢的好處。」珊妮向烏瑪斯翻白眼，白得像她髮間的山茶花，她已不適合戴它，因爲山茶花代表未過戶的少女。

「只好賠錢了。」笛安有點焦慮。

「以後稍微注意就可以避免再犯，看到那種樹不要碰它。好像還有幾種不知名的好樹，也列爲國有財產，不要進入山地保留區以外的地方，這樣也許比較安全。」

「喂，大學生，不要亂講，講國語的沒來這裡前，那些樹就長這麼高，我們看著他們長大，沒人敢說是他的，它們屬於森林，這點絕對沒錯。祖先砍樹造房子做家具，造物者從來不發怒，現在笛安拿造物者的東西，林務局憑什麼，告他罰他坐牢。」烏瑪斯不同意我，兩顆大眼睛狠狠地看我。雖然可以與這些老人同席論事，但我能再說些什麼，告訴他們這是民主國家的精神，對這六七十歲的老人講，他們無法了解。從小就在山上自由自在生活，打獵、捕魚、耕作，只要不侵犯族人的習慣，從來不受外來的束縛。他們相信天神才有資格懲罰，所以可折服於大風大雨，但不能被異族征服。他們出生時法律不在這部落，現在他們一點也不知道，相信以後，他們還是不認識。

沉默一段時間，笛安不再憂傷。「算了，有這次教訓也好，以後小心就是。好在我於河床上新開墾地的玉米，可以豐收，拿來賠一部分，加上剛收割的稻子，應該夠賠。」笛安了解他們的同情，相信自己沒有錯。奇怪的是，那些人爲什麼說他是小偷，然後那麼輕易加罪給他。但是不知如何投訴要回清白。輕搖著頭，很不耐煩地說：

「我沒有臉回部落，犯錯不被赦免的人永遠是罪人。」笛安的聲音沉重，嘴唇稍微顫抖。

「有什麼要緊，這樣說來，我也是小偷了，你比較倒霉而已。」烏瑪斯搭著笛安的肩。

「幹伊娘，我山裡有幾棵樟樹，明早你去砍，做你兒子的床。紋路不比櫸木美，但它的香味會使他們夫妻每晚想相好，不管你兒子有沒有洗

澡。哈哈……」高比爾也安慰笛安。

「謝謝，高比爾，一定會的。」笛安抬頭說道。

太陽漸漸下落，在山峰邊緣只剩下幾公尺就要天黑，遠處一對夫婦牽著水牛，從梅雨沖刷而成的小徑回家，男的背竹籃，他的頸發育不良，細而且短，頭髮散亂，像他背籃裡玉米的鬚卷。他們從濁水溪的河床開墾地走上來，腳縫還夾著細沙，快接近那小徑的集合處，他們的腳步也加快，正好在交叉路上與車子相遇。他們氣喘著，看不出是累還是高興地張口。司機停住車，問他們要不要上車，那男人拍拍他的褲子說：

「我身上除了泥土之外，沒有錢可付車資。」司機表示不要收他分毫。那男人把太太抱上車，抬上玉米，自己牽著牛走回去。他的女人叮嚀早點回家，不要讓她久等。我不曾看過她，也許是鄰近部落剛嫁過來的媳婦。

「嗳，平安，來這邊坐吧！」烏瑪斯空出和她臀部一樣寬的位子，叫她來坐。

「明喝米桑（註4），烏瑪斯。」就坐烏瑪斯旁邊，看到腳下一個

註4.明喝米桑：布農話感激之意。

袋子染上血污，嚇一跳說：「袋子裡裝什麼東西？」烏瑪斯笑她膽小。

「袋子裡裝山羌、兩隻野兔和四隻飛鼠。」烏瑪斯用手指比著戰果，那女人才安靜下來。

「哪裡打的，烏瑪斯，不是禁獵嗎？」笛安說道。

「在部落後面叫佟冬的森林，到佟冬需一天半的徒步，雖然路那麼遙遠，如果我兩星期沒有上山打獵，情緒就很糟。」

「你不曾想到吃膩嗎？」我好久沒有再吃野味，故意問他，看他是否聽懂我的意思，也許他會邀我一同享用。

「其實大部分給太太和孩子吃，我只吃飛鼠的大腸，飛鼠是吃草的動物，它們吃稀有的樹葉，所以它的排泄物是很好的藥材。以前族人都人高馬大，是因爲吃小米、玉米和鹿肉，那裡像你們吃米那麼矮小。何況打獵可以作爲太太嘮叨的避難所。」笛安很高興談起他的專長。

「聽我祖父說以前部落周圍就有山豬，晚上常偷吃田裡的玉米和番薯，爲什麼到佟冬那麼遠的地方，都市人愈生愈多，山豬也應該增加，誰打死它們？」小弟弟又開口問，好像不理會老人的權威。

「都是貪吃的獵人，不然我也可在附近裝陷阱，好讓我的兒女吃肉。」

「你這酒鬼知道什麼。以前山豬打劫我們的糧食，我們不至於缺糧，因為腳步慢的山豬，隔天就留在我們餐桌上，蹄膀大的山豬回到山洞大量繁殖。所以獵人不會破壞這種良好的關係。」烏瑪斯說道。

「那為什麼部落附近只剩臭老鼠呢？」

「有一次碰巧遇到一群猴子，我發誓這不是吹牛。他們討論搬家的事，小猴子不耐煩而問老猴，為什麼頻頻搬家，而且新巢比舊巢還冷。老猴回答說：『因為故鄉已經不安寧，過去偶而聽到炮聲，我們聽慣了，現在有車聲，汽油味、鋸木聲。一直擔心的事終於發生，他們砍走所有的樹木，放倒我們的巢穴，換上一排排人工種植的樹木。從此再沒有安全躲藏的樹幹，斷絕我們的食物，果樹不被允許長在單調的樹林，所以不得不搬到更深山來。飛鼠也不習慣一株株整齊的樹幹，那樣它只能在一個方向飛行，不能自由翱翔。其實動物大都來到這新樂園，除了有口臭的狐狸依戀汽油味，相信牠們會滅族，從此從地球消失。』這是我親眼見到。」每個人的嘴都被烏瑪斯的故事笑歪，連專心開車的司機也大笑。獵人最喜歡吹牛，他們吹得動整個部落，因爲牙縫裡看不出一點虛假，臉上總是流露眞情。當他大笑才知道自己受騙。

「禁獵已好幾年了，山豬有沒有增加，再次統治森林？」我以前也夢想當獵人，捉野豬、套山鹿，受族人的讚美。但是祖父沒有留傳獵人應有的東西給我。現在只希望多聽烏瑪斯打獵的故事，不管他是否吹牛。

「停止打獵是違反自然，獵人屬於這片森林，是森林裡生存的主人之一，不是外侵者。森林的糧食一定，動物生殖力強，愈來愈多，獵人可以減少動物爲患的憂慮，反正動物也有自相殘殺的時候。最近聽說有幾隻老山羊，因爲日益增多的族群在一處草原生存不易，自落山崖。說眞的，獵人只是平衡動物在森林的生存。」烏瑪斯沒繼續說，看看我們，怕我們聽不懂或有疑問，抓著頭繼續說。

「林務局，拓拔斯說的那個機構，一直破壞動物的家園，由蘆葦叢、山谷到相思樹林、松柏林，由草原趕到峭壁，甚至使牠們不得不節育，他們還到處安撫受害的動物，給牠們一片保護區。說是獵人濫殺，破

壞自然。我雖沒摸過書，喜歡親近大自然，相信我擁有森林的知識，超過他們所知道的森林，他們應該停止砍伐。如果森林沒被破壞，我想不會年年有大洪水發生。」烏瑪斯指大前年被洪水淹沒的水田，可以看到浩劫之後水田露出的大石頭，以及來不及收割而埋在泥沙的玉米桿。他的田也被沖壞，到現在還沒有重新整地，他常告訴別人，相信明年還有洪水，修水溝整好地也無法逃過。對岸是閩南人的屯墾地，每年一樣遭到不幸，但沖毀的堤防總是很快地再堆起來，他們五、六戶人家，怎麼可能每年造一個八百公尺長的河堤，我們一千多人的部落，卻不能保得住小片土地。

高比爾躺在車地板，睡不著又不想聽烏瑪斯敘述打獵的情況，口裡慢慢哼，重覆一句「歐依啞嘿，歐依啞嘿」不是酒鬼獨有的激情嗓子，而是族人有愛唱歌的聲帶，但沒有人與高比爾起共鳴。

「這長白毛的動物叫什麼啊？我從來沒看過那麼漂亮的毛。」剛上車的那女人，拉長尾音好奇地問。

「哦，也是飛鼠，但不是普通的飛鼠，牠有靈魂。」車上的人都安靜下來，老酒鬼枕高頭注意聽，像小孩子聽鬼故事的神情，嘴微微張開，原來他掉了一顆門牙。

「到佟冬的第二個晚上，正好月圓，我沿著山谷走，四處尋找下山喝水的山鹿，除了遙遠處山羌求偶聲、節奏一定的水聲，好像想說又不敢說的情歌，反覆再反覆。正發愁沒有雜音，我一向害怕安靜，尤其在森林。突然一個拉長的叫聲滑過我頭上，搖搖擺擺地飛到松樹林，一時沒注意，只看到白色胸毛，牠慢慢爬，紅棕色圓圓的背，比一般飛鼠更長的尾巴翹得很直。快爬到松樹最末端，月亮正好在牠頭上，看起來古怪令我覺得可愛。走過去悄悄靠近牠，用手電筒照牠兇兇的眼，動也不動地瞪我。這次是難得的機會，何況我的袋子沒有一隻獵物，所以下決心把牠射下來。牠又向松樹末梢爬，以爲我是傻瓜，想用身體擋住月光，然後在我看不見時溜走。牠看到我正瞄準的槍管，遲疑一下，又滑下來，我以爲牠要飛走。扳機一扣，牠就躺在潮濕的苔鮮上，血液從胸部慢慢流出，沒有停止。說眞的，我是無意的。我只想和牠開玩笑，獵人不該打死森林唯一有靈魂的動物。我怕牠的靈魂變爲孤鬼，所以帶回來。」烏瑪斯好像在炫耀他的口才。

「算了吧，獵人誰知道靈魂，這美麗的飛鼠就因爲你的野心，靈魂沒有歸宿，牠的身體被你凌辱，你太沒良心了。說你下決心射死牠，又說無意，不要騙人。」高比爾高舉米酒要烏瑪斯喝下，以洗清他的罪，這是酒鬼們的慣例。烏瑪斯接酒喝完，看來有點後悔自己多嘴。以前我也聽說白鼠不能侵犯，今天第一次親睹，其實和普通飛鼠沒有兩樣，只是牠有白色胸毛。

笛安緩緩地說：「高比爾．松魯曼那，你整天喝酒，說是讓靈魂得釋放，不管米桶是否塡滿，甚至讓田地荒涼，你太太的乳房愈來愈小，兒女的額頭愈長愈暴露。造物者不會祝福白天沉睡的人，玉米也不長在沒有汗水的泥土，比起烏瑪斯你更沒良心。」高比爾聽笛安喊他家族的姓，臉更紅。他認爲笛安不應該連松魯曼那一起責備。但笛安繼續說：

「食物是生存所必需的東西，沒有它生命將枯死，祖先教我們如何穿褲子以前，就教我們播果子、套豬和捉母鹿，一切生命都需要吃。互相競爭是生存的『法律』，哈哈，台中法院學來的，只要講到法律大家就不能再多說。競爭結果，高一等的生命靠低層次的生命維持生存。如果高比爾你注重靈魂，那瓶酒也是用有生命的米粒釀成。所以要生存就要建立自己的勢力範圍，也就是跟低等生命搏鬥，預防異族的侵略。老巫婆曾告訴我這些。」大家一直沒插嘴，笛安演獨角戲而有點累。

高比爾突然起身坐在車板，車子爬過最陡的山坡，放了兩團濃煙，漸漸加速平穩地向前。到此我才放心，這車子實在太老爺，全車的螺絲好像都會鬆落，除了司機緊握剛換新的駕駛盤，它應該退休了。過兩處平緩的山坡路，梯田站滿一綑一綑稻草，我往車外伸手，跟他們揮手，然後又伸回車內。高比爾張大兩眼珠，五個手指指笛安說：

「好，那麼你是高等還是屬於低等的生命，笛安？」

笛安伸出舌頭，又縮回來，暗想高比爾是不是設圈套。然後有信心地說：「當然是屬於等級高的生命。」

「你今天怎麼會被別人吃定了呢？哈哈……還是一句話……」

「法律。」他們異口同聲說道。大家都笑了。

注意笛安臉上的表情，沒有我預料中難看，他笑得比他們更痛快？也許是笑法律爲什麼那麼神奇，笑自己被看不見的力量捆住，失去在森林

掙扎的勇氣，笑自己是巫婆口中的低等生命。笑一個大轉彎，高比爾扮極端歧視的嘴臉，掃視車內每一個人，轉到烏瑪斯面前，上氣接不上下氣，咳嗽停住他的嘲笑，好像魚刺哽住喉嚨，大口張開。我們又被他扭曲的鬼臉逗笑，他往我這邊瞧，好像求我的憐憫，我歪著頭給他一個微笑，然後看看車外。我很想告訴他們說：「笛安不應該遭到懲罰，他不知道那事犯法律。以前年輕人犯族人的習慣，如果他事先不知道那是錯誤的行為，頭目只責備他父母，沒有明白交代族人習慣。」他們只顧著大笑。

太陽在我們的笑聲消失了。天空剩下幾朵紅白色的雲塊，走過的路已看不見，司機打開大燈繼續向前。從稀疏的竹林可見東方淡黃色小米圓餅樣的東西，在腦中第二次浮現，才想到是月亮升高。不知怎麼搞的，對月亮怎麼變得那麼生疏。車子突然減速，然後熄火。

「哇哇，拋錨。」我過度敏感地說道。暗暗祈禱不可此時拋錨，要走路回家，寧願往後走回城市，明日再上山。有輛摩托車快速走過，原來是司機讓路給他先過。

「那麼晚這些年輕人去哪裡啊？不乖乖幫忙剝油桐子，賣幾個錢來買結婚的新床，愈來愈差勁。現在年輕人不怎麼關心床，結婚後還用他父母的床，愈來愈差勁，那是誰家的男人。」笛安責罵已消失在左彎的情侶。

「好像是第二鄰鄰長的大兒子，那女的是他家過去第二家的拉露斯・搭斯卡那比日。他們一定是去城裡吃麵看電影，年輕情侶最近流行這種玩意。」珊妮邊說邊拉起大粒的奶頭，小孩子用力吸吮，把乳房拉得很長。好不容易拉開，她用食指逼近小孩的鼻子說：

「那麼貪吃，不知道以後會不會養我，長大後，可能就不認被你吸乾的乳房。」小孩好像聽懂母親的諷刺，差點又哭。

「長大後他一定很強壯，看他握緊的雙手就知道。像我家隔壁的馬太在埔里做捆工，每個月一萬多，家裡有唱機有電視。馬太國小四年級輟學去工廠的弟弟。最近也寄一張彈性床給他父母。那時妳就不只擁有這些。其實沒有與城市來往之前，我們都過著滿足的生活，現在不一樣了，年輕人到城市拚命賺錢，拚命買奇怪的東西擺在家，他們一直沒有感到滿足。相信妳兒子會給妳幸福。」珊妮有點不滿意笛安的話，想了一陣子，

拿起勇氣謹慎地說：

「我打算給他讀書，國小、國中而後考師專，作老師或公務員也好。」珊妮對她爲兒子的計劃感到滿意。此時我覺得有點安慰，至少有珊妮肯定學生的價值。我在部落應該受讚美，因爲是部落唯有的哈卡西（大學生），這一代不會有第二位，但是我不曾受他們的擁抱。部落的人只相信小腿肌肉，讚美頸子有力的男人可以養家，不曾有人知道頭腦是什麼。我仍點點頭表示贊同珊妮對兒子的期盼。

「讀書有什麼用，天天游手好閒的國中生，還有考鴨蛋或被學校退學，他們可以成爲有用的人嗎？我常懷疑老師和書本教他們懶惰，他一天一天脆弱，讀了幾本書就與年長的人頂嘴，以前沒有這種怪人，反而沒讀書的較勤勞、孝順。」高比爾酒醒了，講話不再有米酒味。

「也說眞的，讀過書的女生連小菜園都無法使它長出蔬菜，要她們下田插秧，一定要大聲強迫，戴手套，穿長絲襪，秧苗都被她們嚇死了。難怪有這種兒女都沒有好收成，所以還是教孩子耕田打獵，才能保得住自己的家園。反正讀書比不上城市人，到工廠工作又會被城市人欺負。」烏瑪斯左手握著獵槍，右手緊抓椅子說道。

「烏瑪斯說得很對，留在家鄉好。還沒嫁到你們部落前，我曾在草屯一家紡織廠工作。記得十七歲時我爸爸整天爲空酒桶難過，父母也常爲貧窮吵嘴。一天晚上，父母決定把我送到城市賺錢，他們相信城市滿是黃金的謊言，雖然哭紅了眼到天亮，我不想離開我的朋友，天明之後，爸爸還是親身趕我。以前不曾決定自己的事，父母的決定也不使我感到興趣，除了那次決定把我嫁給比撒日，當天，忘了是幾月幾日，接到哥哥的限時信，說有人來提親，興奮了一整天，那個月薪水沒拿就離開工廠。嫁到比撒日家之後，他擔心地問我會不會回工廠。」

「你會回工廠工作嗎？」珊妮轉頭問她。

「比撒日沒想到，我不是那種女人，有些山地姑娘到城市之後，想盡辦法擦掉本來的膚色，甚至講起閩南話，在閩南人面前不承認自己的種族，但是她們流的血無法改變。我覺得田地比紡織廠好，現在可以脫去腳的束縛，踏可能使我傾斜的泥沙，走過可能讓我跌倒的石頭，我不會後悔。城市的柏油路又熱又燙，硬水泥會使我懷疑地球是硬殼子，腳掌與土

地的感情漸遲鈍。每當看到工廠長長的煙囱，就想念春耕燒稻草的煙味，工作像機器一樣呆板，有時加班沒有加錢，附近的少年人常調戲我們山地姑娘。現在當和比撒日留在田裡工作，每個季節不像在紡織廠的難過，春天可以翻新泥土，夏天時把臉曬紅，可以流大汗忙著秋割，冬天可以冬眠。山上不需要洋樓汽車、電冰箱、洗衣機等電化製品，這些是城市人的代用物，因爲他們失去了天賦的本能，所住的環境已經不屬於自然。如果要平平安安過日子，就必須回到土地來。像這兩位姐弟，以後可能因想念家鄉的芒草，而強烈地痛苦，那時候他們不能回來，必須留在那裡。所以我不會離開部落到草屯的紡織廠。」她的口音怪怪，而且小聲地說，她不要那兩位姐弟聽到。

車子雖開顛簸的亂石路，烏瑪斯看著我說：

「拓跋斯，你那當公務員的堂哥，浪費他老子爲他們在山上打獵，在水田如牛馬般勤勞，他老子在水田、旱地的成就，如今被雜草淹沒，他們也離開了部落。而你呢？也說不定。」我想極力否認，我不會像堂哥那樣有了成就而忘了土地。並且想告訴他們智慧不是局限在部落，智慧可以戰勝邪惡、懶惰和窮困。如果笛安受過教育，也就不會觸犯法律，比撒日的女人也不至於被老闆榨取，高比爾也不必在酒瓶尋找自尊。即使存在於現在比較惡劣的生活環境，擁有極小的勢力範圍，智慧可以征服，不需逃避，自我安慰於過去，他們不該屬這世紀的人，他們憂鬱，陰影籠罩年輕人，使下一代如陰雨下的秧苗，瘦黃不能繁盛。他們是古老的布農。算了，不要與他們爭理，免得傷塔瑪匹瑪的名，也許下一代可以振作。我用手托住臉頰使耳朵閉塞，回想自己入城讀書，哪裡出差錯，讀書是不是最好的決定？我掉入煩亂的思考，慢慢聽不見他們。

過了一段時間，突然車子往後退幾步，然後加足馬力往上爬，這是回家最後一個山坡，到山頂就可以平穩直達部落。我再次抬頭，兩姐弟小心的交頭接耳，好像很高興可以馬上到家，把手中像禮物的東西給笛娜（註5）。高比爾又躺下去，好像害怕什麼，像小孩知道要被處罰前專心思考，想想如何騙取太太的同情，紅色登山袋也許有太太的頭巾和小孩的玩具，他終於笑了，我想他找到了解脫嘮叨的良策。兩位少婦交談且快速。沒有人要與我說話，只好傾聽烏瑪斯講古故事給那姐弟聽。

註5.笛娜：布農話指媽媽。

「濁水溪以前是清淨的，祖先靠它們代代相傳，對它的信賴僅次於天神和小矮人，相信它帶來肥沃土壤，不需一輩子在腐蝕的山脊，勉強採收蛀了牙的玉米，更相信它保佑我們子孫，像它自己不會乾涸，即使偶而折斷將收成的玉米，它不會忘了帶油柴及好木材。但是有一天，一個勇敢的頭目，率領勇士越過千卓萬山，穿梭可怕的萬大溪，襲擊泰雅魯部落，割下許多刺青的臉，血染紅濁水溪，於是天神發怒，血變成黑色沙粒，使濁水溪至今不能飲用，祖先只好散到有水可喝的地方。」烏瑪斯有信心地說道。

「我去過水里鎮，帶我兒子看病。」我被珊妮的聲音吸引過來。她髮間的山茶花格外顯眼，尤其是香氣占滿整個空間，但一直不敢正視它。

「孩子得什麼病？珊妮。」比撒日的女人關心問道。

「醫生沒說什麼，也許不很嚴重，只是發燒而已，打針、給三天的藥就叫我出去。兩三分鐘兩百三十塊，太貴了。和生意人一樣不老實。」珊妮摸摸兒子的頭，看看兩百三十元是否眞的能夠退燒。

「說醫生是生意人嘛，病還沒醫，買來的褲子破了尚可退還，病醫不好誰敢討錢。說是大善人也不像。有次夜半找醫生，醫生起不來，沒錢的病人他們粗心治療，醫生真的像鬼。」比撒日的女人說道。他們發現我正聽著，對我說：「以後你當了醫生，我們生病時找你，一定要便宜，最好你回來家鄉當醫生。」

「好，一定的。」我沒把握地回答她們。

車子繼續出力往上爬，司機比剛才更握緊駕駛盤，爬過山崗之後，他就賺得八十元。車子壓過卵圓石發出熟悉的節奏，高比爾首先抓到拍子起共鳴。

「歐依啞嘿，
快快背籃子回家，
不用擔心沒耕完，
它會使你疲倦。
家人已等你許久，
不要讓小米著涼。

歐依啞嘿，
趕快走過山崗，
不要被月亮看到，
他會使你逗留。
老婆已等你許久，不能讓床著涼。
歐依啞嘿。」

烏瑪斯·笛安跟著和聲，我幾乎忘了歌詞，也偷偷地唱。

「嗚——呼——到家了。」

部落的第一盞燈在車前玻璃閃爍，那是派出所的大門燈，晚上才顯出它的威嚴。車頭漸漸面向部落，高高低低的燈火一盞一盞呈現在我們眼前，有孤單的路燈，黃橙色由屋內發出來的光，一閃一滅，好像殘存的廢城。獵狗的吠聲愈來愈大，他們開始拿起行李，笛安摸摸口袋要掏錢，兩姐弟站起來離開座位。唯獨我覺得屁股沉重，腦海出現城市，一排排明麗的路燈，車燈在柏油路上幾乎凝成一團，透明的大廳，還有夜市叫賣聲。

怎麼部落那麼安靜，燈光比油燈還柔弱。有些人從窗子看車子，好像車裡有他們等待的人。有的人剛上桌吃飯。有人在曬穀場乘涼。

車子慢慢向前，在一盞路燈下停車，他們給了錢互相道別，酒鬼從後面拍我肩說：

「喂，拓跋斯．塔瑪匹瑪，不認識這裡了嗎？到家了。」給了車錢，司機向我問安就離開。

部落爲什麼冷漠，沒熱烈歡迎我？我後悔爲什麼要回來，如果現在有一班車下山，我會回去。

站了一會，一股秋風吹過來，雲霧要慢慢瀰漫整個部落。想到家的大廳，一定是開著等我，笛娜已經把我的床鋪好。提起行李隨高比爾低沉的歐依啞嘿，緩緩拉長燈下的影子。

最後的獵人

傍晚，比雅日在柴房蹲著劈木材，眼神露出老人樣的痴呆，軋斷的木頭沒有以往乾淨，鬚鬚地像老鼠啃過的生豬肉。有時劈歪了，斧頭砍入泥土裡，他愈做愈煩，於是雙手托著斧頭，蹲著發呆。

「比雅日，快點好不好，火要熄了。」

比雅日身旁打盹的獵狗突然跳起來，豎起兩個大耳板，前腿半蹲，後腿拉直，擺出攻擊的姿態。比雅日依然低頭看著劈木頭遺下的薄木屑。獵狗伸長背脊，抖了幾個冷顫，又懶懶地躺下。

帕蘇拉坐在小椅子上看到這幕景象，就要開口大笑，但看到自己的男人毫無反應，又氣又恨，她回到火爐旁取暖。

「比雅日，你想念誰啊？你是聾子嗎？如果你聽我的話到平地做臨時捆工，買幾件毛衣，現在就不需爲冷天劈木材，快快丟兩枝木頭過來。」說著並把小椅子丟到他眼前，右手插腰站了起來，咬緊牙齒，露出常被小孩調侃的大門牙。獵狗仍然懶懶地躺著。

「幹嘛發起脾氣？帕蘇拉，你把孩子的椅子摔在地上，上天將會懲罰我們，假使弄斷椅子的腳，可能會咒我們生下斷腳的孩子。」比雅日撿起椅子，順手丟三枝木頭給帕蘇拉。

去年夏天，她第一次懷胎，經過兩個月細心養護，有天夜晚不幸流產。比雅日同時也製好那張椅子，本來準備將來給孩子當禮物的，現在他看到椅子愈覺傷心，撫著椅子的四個腳，查看是否受到創傷。

「把椅子藏好，下次妳懷孕時再拿出來。」他將椅子藏在曬小米的台架上，穿上夾克，然後走近帕蘇拉旁，伸開十指就近火堆取暖。今年冬天他依然穿舊夾克，袖子原來是乳白色，現在已看不出當年它在櫥窗時令他喜愛的樣子，背後破了兩個大洞，是他打獵時滑倒被木頭穿破的，但他不曾有丟掉它的念頭，反而愈來愈喜歡它。

「如果不是你家流傳詛咒的血、附有魔鬼的身子，今晚我不必蹲在火旁取暖，她應該是個女兒，現在應該長這麼大了，抱著剛好在兩個乳房之間。獵人、獵人，都是你的祖先。」她的聲音顫抖地罵道。

「不要吵，請妳不要再講，過去就算了，相信我們一定會有孩子。」

比雅日話還沒說完就叫起獵狗，快速跑出去，差點踢到他丟進來的木頭，一瞬間就跑出火光可達到的地方。

「出去就出去，不要回來。」

自從那次帕蘇拉流產以來，他們無法找出流產的眞正原因，於是開始敵人似的生活，互相冷言嘲語，比雅日怪她的子宮沒有耐性，她怪他的種子適應能力差，加上她對比雅日的巫婆世家和祖先的咒語一直感到恐懼。半年以來她已習慣了比雅日的出走，半夜後比雅日會自己回來。

霧水開始籠罩整個部落，濕氣由牆縫緩緩噴進屋內，帕蘇拉縮著小肚與頸子，但無法與寒冷繼續抗衡下去，她反鎖房門，獨自回房鑽入被窩裡。

雲靄愈積愈厚，宛如雪崩那般猖狂地從山上滾下來，比雅日跟在獵狗後面，深怕走出小徑而跌入水溝裡，有次他跌進水溝，第三天才把鼻涕止住，他一直認爲那是痛苦的故事。他從木窗探頭看看帕蘇拉是否已睡著，然後慢慢推開大門，見到房門已反鎖，就倒在長椅上，獵狗也爬上椅子與他相擁而睡。

比雅日無法入眠，想著雪崩、寒凍的空氣，那不就是野獸也下山來的時候嗎？於是他下定決心乾脆明天上山去打獵，家裡的氣氛簡直使他快窒息，壓得他失去了勇氣，他閉上眼睛把應帶的獵具想一遍，子彈藏在倉庫，鐵絲、袋子、火柴……，把這些在腦裡準備妥善之後，便安然睡著了。

凌晨，雲霧漸漸逃離山谷，向四周擴散，好像害怕人們知道是它們造成冰凍的夜晚似的，公雞叫聲此起彼落，男人劈柴的聲音與獵狗吠聲，也趁太陽未出來同時奏起，此時已有幾戶人家點起柴火，煙囪上吐著黑煙，在這裡從來沒有人想到黑煙會造成空氣污染？因為部落的人相信黑煙會隨著雲升上天空。帕蘇拉坐在火爐旁，以乾竹子與木炭生火，烤紫色皮的地瓜，她無意叫醒椅子上的比雅日，火燄愈燒愈烈，她正把快烤黑的地瓜翻身，飯鍋蓋被蒸氣噴到地上，發出尖銳的響聲，比雅日和獵狗同時被驚醒。

「伊凡，去廚房看看，是不是老鼠偷吃剩飯。」

「來來，伊凡，是我啦，連你也對我兇巴巴！」

「帕蘇拉，你已經起床了，今天我要上山，昨天晚上我做了一個夢，就如爸爸他們相信『巴哈玉』（註1），獵人的夢絕對不會撒謊，你幫忙準備米和鹽巴，可要在森林度過兩個晚上。」

比雅起身跟在伊凡後面對差點嚇昏的帕蘇拉說道。

「算了，不要再提託夢的事。你的祖先就不會託夢給你生孩子。」

比雅日於是自己動手，收拾打獵必備的東西。帕蘇拉夾住已熟透的地瓜，用口吹吹，在手裡拍拍。

「拿去吃罷，希望你捉到活的山鹿，賣給山腳下那個客家老闆，你家的牆壁應該填補了，如果春天以前不能整修房子，我眞的會回到我爸爸那裡，到時你別後悔。」

他笑笑，臉上出現冷冷的表情，右手提起背囊，把伊凡抬到機車汽油桶上，然後開動車子離去。

十二月的清晨，氣候凍寒，樹葉枯黃，山坡多了幾種色彩，由山谷

註1.巴哈玉：布農語，意指在夢中的暗示。

到山峰，顏色由漆黑漸漸棕黃而亮白，像一幅童畫，沒有整齊劃一的設計，看來雜亂，但卻令部落的人不得不稱讚它們美妙的組合。土地乾裂，部落的人一直渴望著下雨，不再管天氣是否寒冷，他們只想著雲層快點轉黑，以解除冷且乾的空氣。東方的天空由粉紅漸漸泛白，比雅日在小路上穿梭，他個子高大，臉上長了一臉鬍子，像懶惰的農夫整理的草地，高低不平，眼窩深且寬、鼻樑兩側淺淺兩道溝痕，濃密的眉毛常隨著表情而變形，往往停在憂愁的形狀。他有七個姐妹，他是唯一的男丁，從他母親身上吸取最多的營養，胳臂堅強，現在家裡只有他們夫婦。他身穿著寬大天藍色的長袖毛衣，墨綠色長褲，黃色的長雨鞋，褲子上半部到處是縫縫補補的痕跡，他繼續加快車速，毫不在意冷風的吹襲。

比雅日擴展他寬大的胸板，用力吸一口濕濕的空氣，越過吊橋之後就離開了部落的視界。他愉快地再加快車速，車子在碎石路上碰碰跳跳，他故意駛過凹凸地，前輪跳離地面時把屁股抬高，伊凡很不安地趴在油桶上，他卻十分舒爽。

經過一家雜貨店前，那沾滿灰土的櫃子裡沒有幾樣貨品，但一年四

季從不缺酒類與檳榔，老闆是一對客家夫婦。

「嘿，俺要兩瓶米酒，三包青檳榔。」他停下車，以客家話向老闆叫道。

「你要買什麼？關上引擎再告訴我好嗎？」老闆把頭伸出門外，露出滿是皺紋的頸子，像烏龜般害怕地問比雅日。

「兩瓶米酒、三包檳榔，聽到沒有？」

「知道啦，怎麼不買高粱呢？我有賣金門的高粱酒，我自己也喜歡喝，米酒太淡了。」

「不要。烈酒是給快死的人喝的，留著吧，賣給那些悲傷的人，酒精可以洗去他們的痛苦，我只要清淡的老米酒，這是三十元。」比雅日摸摸口袋，幸好只有這三十元。

動身之前，他再檢查袋子裡的東西，鹽、火柴、米酒、檳榔，然後點點頭讚美自己的謹慎，且滿足於擁有這些可養活他在森林裡的糧食，他感到活潑、強壯且快樂，他重新發動引擎。

下霜季節來臨，田裡的稻桿收回倉庫，年青人都下山尋找臨時工作，補貼寒冬的取暖物品，多年以來，比雅日一直固執著他父親傳襲的念頭，不是農夫就是獵人，他知道他父親就因爲固守這個原則，因此他小時候不曾有過愉快的冬天，皮膚皸裂的情形他永遠記得，看到同年齡的玩伴穿著布鞋在草地石堆上玩耍，更加憎恨他父親。秋末，他要勤奮地撿木柴，一到冬天，全家人圍著發黑煙的火爐，閉眼取暖，即使天天有山豬、飛鼠可吃，也轉不過他望著窗外的頭，他曾經埋著可怕的想法，父親年老無助時，他要報復，冬天時只管去打獵，不去理會柴房是否堆滿乾柴，但他已經沒有機會。

前年冬天帕蘇拉要他籌些錢，預備買些冬天降臨的嬰孩所需物品，他興趣十足地找工作，找到搬運貨物的臨時捆工，做了五天，老闆因缺錢要辭掉一個人，偏偏選上強壯、勤快的比雅日，他氣憤地離開，忘了帶回一件長褲和工資八百元。從此他不再打消他父親的遺囑，農夫、獵人是他永不滅的印記。

太陽已升高到四十五度，在兩千多公尺海拔高的森林裡，緯度已不是決定溫度的主要因素，路過陽光射不進的樹蔭時，他總夾緊兩腿加速越

過樹林的影子。

「伊凡，你冷不冷？在森林裡你將不會寂寞，那裡的一聲一響都會激起你的野性。嗚呼！比雅日，你不會後悔吧！讓那混帳女人一個人寂寞地待在家裡，可憐的帕蘇拉，哈！」他對著山谷大喊大叫，他喜歡幹這種勾當，或唱自編的罵人歌，甚至對著山下小便或放個屁，他的仇敵都在這裡被他凌辱，然後他的恨意便完全解除。

一路上，人煙無跡，除了站得直直的扁柏，他覺得很好，現在他看到人就感到厭惡：尤其是女人。他在一個破破的工寮前停車，工寮危悚地座落在路旁，白鐵皮鋪成的屋頂已變成銹紅色，扁柏堆成的牆看來還能撐住屋頂，防止雨水的滲透，但不能抵擋寒氣。獵狗跳下車查看屋內的情況，也許屋裡有山豬正在避寒，工寮旁有不間斷的水聲，發出緩慢且低沉的音響，水道粗如比雅日的小腿，泉水流過雪地，冰涼中還帶點甜味，比雅日摘下一片山芋葉摺成漏斗，撈泉水喝，然後坐到路中央曬太陽。

太陽正直射整片森林，比雅日靜靜地坐著，伸手往袋子裡摸索，他摸到裝有液體的瓶子，有一股強烈的熱氣在他的胸膛中翻騰，從袋子拿出米酒，用前臼齒拔開瓶蓋，蓋子還沒落地，酒已流到他的喉嚨。

「不行，下能喝太多，它不會醉倒我，但喝多了肚子會餓。」比雅日對著伊凡說道。

他又倒一口，來回在口中漱著，酒精在口裡四處擴散，然後讓酒慢慢流進食道，再喝一嘴，鎖上瓶蓋，一絲不止的熱氣把他弄得興奮起來，耳朵漸漸變紅，尤其是眼睛，頸子以上映出喝酒的訊號，難怪他一直無法瞞過他的女人。

「汪汪……」伊凡突然跳起來跑向前。

比雅日臉上浮現出獵人本能的警戒，那並不是人類感到生命受威脅時的緊張害怕，而他恐怕自己沒有完成攻擊的準備。他靈巧地躍出沉重的第一步，跟著伊凡的影子追去，伊凡停在路邊面向雜林吼叫，原來是一隻紅鳩。

「算了，伊凡，射殺紅鳩會破壞獵人的運氣，中午以前我們要越過這山頭，才能在日落前到達山洞。」

他喚回獵狗，然後踮步走回來，身體變得輕快起來，他對自己的敏

捷和伊凡的機警感到滿足，認爲獵人當中只有他擁有這份聰慧，部落裡已經沒有這般好的獵人。

他跳過一灘泥水，右腳踏到一片潮濕的綠色苔鮮，他的左手恰巧頂著地，否則就會像小孩子翻筋斗，然後在水中打滾，他趕緊伸直腰，轉頭看看四周，拍一下左手掌的泥土，好像害怕別人看到這種窘像。他悄悄地回到車上，他害怕著打獵的禁忌，如果滑倒，就不需繼續上山打獵，即使在森林周旋幾天也不會有收穫。

走過坡度很陡的彎路，空氣愈來愈冰，地面已凍得堅硬，天空像撒下冰粉，迎面來的水氣打得比雅日的兩頰紅痛，陣陣輕微的顫慄從腳底傳到頸子來，比雅日拉上衣襟。兩點鐘方向一座山頭覆著白雪，雲水製造了更多的飄雪，過了二十五個大彎路，陽光已透不進這地區，比雅日打開車燈慢慢行駛，路旁可以清晰看見昨晚醞釀成的殘雪，路面被融化的雪水弄濕了，行車更加不穩定，他的手一直顫抖著。

他躍過海拔三千多公尺高的產業道路，轉到面向西北的山路繼續行駛，太陽已經在西邊等著，他開始走下坡，比下坡時更費力，但車速快，經過檢查哨，看到小屋附近無人影，他大膽地溜過去。這哨站是爲了監視盜林的不肖之徒而設的，禁獵的法令頒布之後，它不再是獵人休息的中途站，警察的態度也變了，不再和路過的獵人親切的招手，害得獵人猜不著那警察的爲人，比雅日把機車停靠路邊，那兒已有兩台機車停靠那裡。

比雅日開始點數袋子裡的東西，這段下坡路一直要到山谷，所以到這裡他尤其特別小心。走進一條獵路，放眼一望無際的箭竹林、草叢及黑壓壓像電線桿立著的松樹幹，十幾年前一場大火災，把森林燒成沙漠，現在已成爲一片草原，只有從仍站立的炭木才看得出這裡原是一片森林，獵人常對年青獵人說，當林務局砍走貴重的原木，就放把火重新種植新樹苗，年輕人未必會相信林務局如此愚笨，但相信一定不是獵人造成的災禍，他們曉得森林裡的生命占了大地生命的一半，其中大部分與獵人息息相關，比雅日確信他爸爸不會做出這種傻事。

他一面跑一面吹口哨，偶而即興唱山歌，步伐輕快且有規律，他停在一粒大石頭下，草原中這是唯一的陰涼處，他由石縫中拿出一瓶米酒瓶子，裡頭有將近一半的水，草原上沒有泉水，但有滴不完的露水，瓶子裡

的水就是每夜積成的露水。

喝了兩口，瓶底有些蠕動的幼蟲，但他裝作沒看見，這兩口水可以幫助他走過這片草原，他坐下來吹著山風，抱住伊凡的兩腳，躺下避開太陽。

「人類最糟糕了，而女人又是最混蛋，比起你伊凡，女人沒有你的忠心和馴服，當然我不會與你結婚，我願意與你常在一起。」他摸著獵狗的頭說道。

「但是我對女人還是有興趣，我比較喜歡多愁善感的女人，厭惡樂觀的女人，帕蘇拉不曾爲我的出門擔心，有一次我吞下橄欖核，她翻起白眼對我說，明天早上它會掉在大便坑裡。如果女人像森林多好，幽靜而壯麗，從森林內，從森林外，尤其從高處俯瞰森林的美麗是綠色和諧的組合，像牧師講道詞中伊甸園的世界，帕蘇拉，妳算什麼，妳只像秋天發紅的楓葉，冬天過後就失去魅力。」比雅日心裡想著。

然後低著頭自言自語：「我那女人如果有一天變得令人討厭，我還有這森林。」

伊凡突然似被什麼東西驚醒，疾速翻身拔腿往下衝，比雅日也跟著跳起來。伊凡最怕蛇，比雅日以爲附近有蛇出現，他尚未搞清楚發生什麼狀況，向前望，原來有一個人跨大步走上來。

看那人走得步伐太不尋常，走路的姿態過於誇張，他後面是不是有女人，他看來多可愛啊！多肉的胸膛看起來很曖昧，他一定很溫柔，縮小腿的樣子看來很年輕，只可惜神色憔悴像養路的老兵，比雅日看著他一面想著。

「嘿！平安，原來是大獵人——比雅日。」伊凡跟那人走上來。

「平安！路卡，你的呼吸停了嗎？怎麼沒聽到你大聲喘氣，森林酋長，我的伊凡還喘著呢，你的背囊中一定裝滿肉塊？」比雅日兩眼轉個圈，斜看路卡看來空空的背囊。

「帕蘇拉的脾氣又發作了嗎？可憐的比雅日，你圓大的胸肌竟然無法讓她變乖？你不應娶她。」

「路卡！不要故意談你背囊以外的事，難道你要試探祖先的詛咒嗎？走向上坡的獵人應該分塊肉給下坡的獵人，你應知道我祖母的故事，

五個獵人親自送大塊肉上門來，才解除他們身上的詛咒。」

「背囊裡只有一隻松鼠，可能只有一歲，小得不能剖開，分給你的不夠你餵狗，算了吧！」

「來森林前你做些什麼夢，有沒有什麼『巴哈玉』，我來解說使你難堪的打獵。」

「那晚我夢見家裡有喜事，族人大吃大喝，吃城市那種放在漂亮瓷碗的菜，喝彩色的酒，那眞是個好夢，我以爲可以抓幾隻山鹿回家。」

「森林酋長，大家不該這樣稱呼你，你腦殼裡的東西不屬於酋長，摸摸你的耳朵，形狀是不是不一樣？像長在枯木的木耳，軟軟的且沒有力氣。」比雅日呑口水繼續說道。

「你既然大吃大喝，而且在大城市，怎麼可能用精緻的盤子盛野肉呢？那當然是不敬的。」

「最近我的運氣不好，也許……」

「動作快的獵人是不受運氣影響的！」

「你這趟打獵，也許像我一樣，背囊空空，只帶一身的疲勞回家，森林已經沒有什麼東西了。」路卡被比雅日鄙視的青臉氣昏，並暗暗地詛咒他。

「你的詛咒沒有用，它嚇不倒我，從小就跟著我爸爸的獵槍四處打獵，沒有一次背囊是空的，更何況野獸不可能因家庭計劃而被迫結紮，所以你那樣咒我是不對的。不然我只看看你的松鼠的樣子就好。」

路卡知道比雅日不會放過他，無法逃離他的糾纏，把背囊卸下，打開讓他瞧。

「路卡，這麼小一隻你還要帶回家嗎？如果是我早就在森林裡自己吃掉，免得回部落讓別人譏笑，就說到森林玩玩而已。」

「我只是想給孩子們吃，不需要太大。」

「牠比你剛才用手比的更小一點，算了，我應得的部分不要了。」

路卡氣得快哭出來了，他知道比雅日是部落裡有名的獵人，因此不再與他計較。

「比雅日，我要趕路，不能跟你再抬槓，等著瞧吧。」路卡迅速拿起背囊，悻悻地離去。

比雅日撫摸兩腮看著路卡搖擺的臀部想著：我的臉不怎麼燙，我沒有生氣吧！獵人最忌諱被人知道沒捕到獵物，我不是故意的，早上到現在他是我唯一遇上的好人，怒氣不該弄痛他的心，也許我們可以坐下來，喝半瓶酒，唱唱森林的故事，可以談談山底下討厭的人，罵一罵那些棕色皮膚的公務員，他們的脊椎眞變化多端。

「喂，路卡，告訴我女人，我會背大塊肉回部落。」比雅日大聲喊，要路卡把話帶回，但路卡再也沒有回頭。

比雅日站在原地許久，路卡漸漸消失在草叢裡，於是比雅日收拾東西繼續趕路，速度變得緩慢。

一路上從草叢走過柳杉林、楓樹林，比雅日不再注意火紅的楓葉，也不再注意腳下沙沙作響的落葉，更不曾回過頭，比雅日到達山洞時黃昏已過去。他卸下背囊，坐在石頭上喘著。

「自己原諒自己吧，今夜可以玩得痛快，哈哈。」他用雙手拉開兩邊的嘴角大笑，恨不得有面鏡子，對著鏡子把臉整理成笑臉。此時夜已降臨整個森林，他站起來，把背囊裡的東西掏出來檢查，檢查發現無誤之後，把預藏的槍拿出來擦亮，以粗鐵通槍管，將槍管裡過冬的螞蟻趕出來，獵槍的例行檢查完畢，套上槍藥帶子，起身沿著山谷在兩岸峭壁搜索。

晚上正是皮膜動物活動的時間，山谷是他們滑行的園地。在山谷穿梭約一小時光景，比雅日聽到遠處鬼號的山豬，距這山谷至少兩公里以上，飛鼠低飛時也發出鳴叫聲，似乎牠們體力過剩，嚷著不曾停住，比雅日一直沒有機會放槍。

比雅日疲倦極了，四肢愈來愈沉重，他開始放慢腳步，腿痠、心神不定，頭腦漲得很痛，差點往後栽倒，腸胃不停地抽動，胃酸欲吐出，但又不自主地吞回去，嘴唇乾裂，舌尖不斷地伸出嘴外，濕潤發黑的嘴唇，一股冷風掠過他的胸膛，肚子縮得更小，緊緊握住槍托，他恨恨地想，只要一隻飛鼠，他就滿足了。

在一處寬兩平方公尺的平台上，比雅日坐下來休息，他注意搖晃的杉樹枝，眼睛出現帕蘇拉烤地瓜的景象。於是放下朝天的獵槍，想著，早知道厚著臉皮向帕蘇拉討地瓜，現在就可以撿些木頭，再烤熱，好好吃一

頓，不必受這種痛苦。

「伊凡，我們不要想帕蘇拉手中滾燙的地瓜，我絕對不會對自己說，留在家該多好。」他咬緊牙關對著伊凡說道。

比雅日起身繼續往樹林裡搜索，一面喃喃自語，喪失警戒心，他已餓得失去了控制，破口大罵道：「混帳，我的天啊！飛鼠快點出來，不要躲在洞裡，獵人餓死在森林是森林的恥辱……」

不知不覺地走到河床來。他跨大步伐跑到水邊，倒下來把嘴伸到水裡喝水，河水冰冷，弄疼他蛀了蟲的大門牙。他利用月光的照明，找到一個河水的支流，撿一些樹枝、樹葉與細土，把另一個水道的水擋住，好讓水道的水流乾，不到五分鐘光滑的石頭一個個冒出來，留下幾處水坑，比雅日很輕鬆地抓了上幾條手掌大的魚，看不清抓到什麼魚，幸好森林沒有不可吃的魚。

比雅日不再感到寒冷，就在不遠的地方，有一處溫泉水窟，獵人喜歡談論的公共澡堂，走到水邊來，他搭起木頭來，點燃木頭烤魚，月亮漸漸移向天空的正中央，比雅日已吃飽，而且不見魚骨頭。

一陣陣尖叫，高呼、卡車喇叭聲似的嘶吼，唱撒布爾伊斯昂（註2）的鳥也不停地叫著，牠們開始由樹頂往這山谷活動，在月光不再照明山谷之前，牠們陸陸續續鑽入樹幹裡的洞穴及山洞，牠們喜歡居住在洞穴裡，和人類一樣沒有安全感。

硫磺形成的煙幕使得他的鼻子感到不舒適，煙火加重對眼睛的刺激，眼球抹上一層淚水，比雅日熄了炭火，靜靜等候下來喝水的山鹿。突然一個黑影滑過他頭上，那黑影就要伏在他頭上，他往上看，零零亂亂的星星點綴著天空，原來是一片烏雲遮住了月光。他縮回下巴，努力想著昨晚到底有沒有夢的暗示，今天忙了一天，連一點值得懷疑的兆頭都沒有，他深信沒有夢的寄託，就如盲人在森林走路，他放下槍，鎖上保險，套上蓋子，以防露水沾濕火藥。

溫泉蒸發的水氣漸漸聚集成薄霧，冉冉驅散在樹林間，被晚風吹動在半空中形成漩渦，月亮在漩渦裡翻轉，使得森林愈來愈模糊。比雅日脫掉長雨鞋，把大衣及褲子用小石子壓在地上，然後撈一手掌的水，往前胸和額頭潑水，拍拍銹紅色的胸肌，引起全身一陣子的顫抖，但他仍得意於

註2.撒布爾伊斯昂：布農語，一種鳥名，每天在晚間出現，不曾有人在白天看過牠。

身體的結實，然後迅速躲入溫泉裡。

「來，伊凡，下來泡水，消毒今天的倒霉運，今天累了一天，疲勞會跟著汗珠一起排泄出去。」比雅日叫獵狗也下水，但伊凡吃飽就躺著睡著了。

比雅日走到水深之處，恰巧水淹到第六個頸椎骨，他把手洗洗，洗去魚腥味，用力搓頸子和胸大肌，全身用手磨了一遍，就找一個椅子大的石頭，坐著看月亮標示的時分。

第五個月圓後是比雅日出生的月分，布農族的曆法裡，這個月是打耳祭的季節，男人帶未成年的男孩操練弓箭，在月光下射樹上吊著的山豬耳朵。突然間他想到他父親曾在這裡說過一件故事。

從前部落裡有個男人叫拓跋斯．搭斯卡比那日，有一次出外工作時將嬰兒留在樹蔭下，工作做完回來，孩子變得像曬乾的野葡萄，全身紫黑色而且乾皺，那時天上有兩個太陽，他對著太陽破口大罵，誓死要報復。出發尋仇之前，他在屋前種植一棵橘子樹，留下他年輕的女人，帶著弓箭前往最接近太陽的山頭，經過若干個冬天，族人不知他的下落，然而他的女人不曾變節。有一天的早晨，天空顯得比以往柔和，原來另一個太陽已被拓跋斯射中了，成爲現在的月亮。拓跋斯離開之前，月亮對他說：人類從今以後要以月亮爲生活的時間標準。

當拓跋斯回到部落，那棵橘子樹正好結果子，他成爲族人嚮往的勇士，他的女人也成爲族人所稱讚的婦人。

「哇！好威風的名字。」比雅日想著，如果帕蘇拉沒有流產，不論是男或女，一定取名拓跋斯。

月亮已開始走下坡，比雅日緊縮頸子，不敢再想那故事，此時野獸都玩夠了，就將回巢洞裡休息。比雅日趕緊跳出來，穿上衣服走回山洞，且重新架起火堆取暖，今晚，他特別早睡。

早晨，比雅日醒來，拍下頭髮上未被陽光蒸散的露滴，他撿起一些枯葉和乾樹枝，堆在昨夜至今未熄的餘燼上生火，他還有三條魚，他一面想著，帕蘇拉一個人在棉被裡會不會冷，她是否也想到我昨晚睡不好。他下定決心，今天一定要獵到山豬、山羌，帶回家討好帕蘇拉。

有一片枯葉飄到火堆裡，他尚未確定是何種樹葉，樹葉也燒了大半，

剩餘的已看不出它的原形，他抬頭往上望，一隻母猴正好走過去，他的肌肉卻毫無反應，好像手中就要烤熟的魚減低他對母猴的欲望，他繼續烤魚。

他吃掉兩條烤魚，將魚骨頭丟給伊凡吃，然後清理背囊，發現紙裡的鹽被汗水溶掉了一大半，他走回山洞，抓一把儲備用的鹽，裝妥之後，提起獵槍開始在森林裡搜索。

冬天的雨量少，而且山頭下著冰雪，河面上露出零零散散的石頭，比雅日不必費心脫去長褲，輕易地跳石過河，伊凡則游泳上岸來。他和伊凡又穿過一片草叢、山谷，開始走入原始森林，這裡已屬於比雅日的獵場，他擁有三個山頭，和一處水源及共用的溫泉，獵人們有這種槍下的規令，誰也不能擅入別人的獵場，事實上獵人不敢不遵守，因獵場裡有各式各樣的陷阱，闖入他人獵場，也就等於一隻動物一樣，也有被獵捕的可能。

伊凡重新追著深且新鮮的足跡。比雅日蹲下查看，他確定是隻獨自散步的山羌，五公斤多重，昨晚路過這裡。他緊跟著足跡，不到五公尺，大部分的足跡被山豬踏壞了，而又躲入柳樹林裡，比雅日也跑進去，這一帶鋪滿了石子與石片，再進去有一處寬闊的黑泥土空地，這裡有更多的足痕，到處是山羊、山豬的糞便，有一處像似窩巢的凹地，除了留下糞便，還有一撮黃棕色的毛，比雅日撿起來聞一聞。

「伊凡，快上來，這裡昨晚有野鹿住過，看住牠的腳。」

零亂的足印使得伊凡原地打轉，無法突穿，只好離開柳樹林。

他口渴且兩腿痠痛，他跨過一棵巨大倒下的樹幹，枝葉已腐爛得看不出叫什麼樹，長滿黃褐色片狀的靈芝，比雅日找一片當椅子坐，正當他擱下獵槍時，伊凡在草叢裡大叫。

就在二十公尺處，比雅日架起射擊姿態，但草堆裡毫無動靜，全身戒備的情況下，每條神經變得敏銳起來，他聞到一種怪味，不是腐木散發的味道，他跑進草堆裡，發現一隻閉口的狐狸，看來死前不曾發出聲，看來牠寧可死在陷阱裡，而不願被老鷹啄死。

他早已料到狐狸肚子長了蛆，他熟練地剖開腹膜，他儘量不看，把腹腔裡的東西割掉，往草堆丟掉，他把清理好的狐狸裝入背囊裡，此時已日正當中。

再走過去是一片人造林，他叫住伊凡不要前進，他知道那裡不會有任何奇蹟，於是他決定往另一山頭繼續尋找獵物。

天氣漸漸轉熱，陽光像筆直的杉樹幹直直插入大地，此時比雅日已看不到頭的影子，他在一棵櫸木樹蔭下卸下背囊休息，他沒有預備中餐，也沒有食欲，就拿兩個小石子在手掌心玩著。

一大早到現在不見走動的野獸，他歸罪於森林的日日縮減，他想到再過幾年森林到處是人聲、車聲，動物會因森林的浩劫而滅跡，從此獵人將在部落裡消失，森林是最後能使他得到安慰的地方，比雅日愈想愈孤獨，但他也爲森林感到不平，應該把發福的公務員帶來山上，深探森林的祕密，也許他們眞的是因森林的奧妙而恐懼，就像主管深怕每個部屬健壯、聰穎地成長，應該讓他們獨自在林中聽鳥、風、野獸和落葉的聲音，再走進山谷，瞻望雄偉的峭壁，脫下鞋子，腳踏純淨的泉水，欣賞未享受人類廢物的魚優美地游水，牠們單純得一點都不怕人，他們會領悟這謎般的森林，然後像獄裡將判刑的犯人一樣，懊悔當初爲何不把眼光放亮一點。如果那些人看重的不單單是原木的粗細……

不久，他漸漸進入恍惚的境地，像喝過一瓶米酒後的忘我狀態，神經放得更鬆，此刻如有隻狗熊來襲，將他吃進食道之後，他才會發現自己的難堪，他努力睜開眼睛，但森林的寧靜、暖和的陽光和令人倦怠的樹蔭，接連不斷地包圍他，他終於被森林的魔法催眠了。

太陽很快地越過大樹，從他的腳底緩緩輾到他臉上，他被強光驚醒，以爲是螞蟻爬上睫毛。起身之後，他顯得慵懶無力，突然想到治療疲勞、憂愁、各種疑難雜症的特效藥，於是喝下昨天剩餘的米酒。

他覺得體內的精力正慢慢恢復，血液在心臟火辣辣地奔竄，眼睛愈來愈敏銳，暗自得意於酒後的年輕，他感到很滿足。

午後，山谷變得淒清幽涼，山風彈動樹枝，落葉和折斷的樹枝發出沙沙聲，擾亂比雅日的聽覺。他放輕腳步，儘量不再增加聲音的干擾，最後他還是失望，山風愈吹愈烈，他走過一處山稜，一處台狀草坪，依然沒有一點動靜。

他鑽入藏青色模糊的樹林裡，因爲光線太暗，比雅日慢慢地走，他

邊走邊想著他的帕蘇拉，想到她熟睡時的美態，她的豐滿影姿重新在比雅日腦中浮現，變得動人美麗，且每夜親切地歡迎他回床，把他壓得幾乎粉碎……

比雅日腦海裡不斷地浮現帕蘇拉的影子，眼看太陽就要下山。突然一隻山羊由林裡竄出，停在離比雅日前三十公尺處，瞪著他。

發痴的比雅日被突然出現的龐然大物所驚嚇，伊凡也嚇呆似地停頓了一下，山羊乘這段時間跑進草堆而消失。

「伊凡，怎麼不追呢？」

比雅日搖搖頭，自言自語說道：

「真可惜，帕蘇拉喜歡吃山羊的小腸，黃昏之前一定要打到獵物，不然回家得不到帕蘇拉的歡心，那路卡也許會在路上等我，想調弄我。」

他又折回去，格外注意四周的動靜，他一心一意想抓隻山羊回家，因此更加小心搜索。

山風在山谷流竄，把熱氣帶走，他感覺到黃昏就要來臨了，心裡愈發著急，他走到山谷，沿著河床逆水而上，突然他望見五十公尺遠處的石頭後方，有個黑黃色細長形狀的東西，擺動的方向、頻率與附近的草不同，直覺上那是野獸的尾巴。他倒下仆伏前進，槍已開好保險，伊凡也看了，就要衝去，被比雅日制止。

「噓！不要急，這次不能再讓牠跑掉。」他儘量小聲地叫住伊凡。

他爬了約二十公尺遠。牠正要走向山崖，比雅日不待牠露出全身，扣下扳機，子彈落在牠的頭胸，牠以右腿蹬地，似乎想要逃走，但是伊凡在牠倒地前就咬住牠的脖子，四肢不停地抽動，眼睛仍張開著，心跳愈來愈微弱，不久牠不再掙扎，那是一隻公的山羌。

比雅日傲然抬頭，撫著槍洋洋得意地想，大獵人是不靠運氣的。他把山羌由伊凡口中奪取，兩手稱稱重量，他非常滿意牠的肥大，裝入背囊，口中歡呼歌唱獵得山羌的歌，連跑帶跳地走回山洞。

回到山洞之後，他將獵槍用布袋包好，拿一個小紙團塞住槍口，埋在土裡，避免猴子來搗亂他的獵槍，清算背囊裡的東西，然後輕鬆愉快地回家。

晚上。他留在一棵老松樹下紮營，兩隻小腿已走瘦，但心情一樣激

昂，他想到羌肉可以給帕蘇拉補身體，流產之後，她的豐滿也隨併被沖走，而且她沒有再吃到山上的佳餚，羌肉足夠使她再肥起來，他砍下松樹的樹枝，在月光下可看清滴下的油脂，他點上火，蜷曲身子睡著了。

昨夜他睡得很平靜，宛如死亡那麼安祥，他起來之後，才發現他已在海拔兩千多公尺高的山上。

他收拾背囊，向火堆灑一泡尿，不留一點星火，然後快步走到產業道路，路上鋪了一層薄冰，他愈走愈緩慢，感覺到胸部難以擴展，氧氣似乎輸送不到大腦，頭感到昏眩，他兩邊的太陽穴汗水不斷流出來，內衣及長褲也濕了，最後的三百公尺，他花費了二十分鐘才到達摩托車停靠的地方。

比雅日高興地把機車由草堆裡拉出來，前天那兩輛機車已不見，他踩了好幾次發動桿，拍下油門上的霜，始終不能開動，他開始懷疑前天不高興的路卡，再踏三次後引擎發動了，然後把伊凡拉起放在油桶上。

快接近檢查哨時，一位衣冠筆挺的警察匆忙跑出來，趕緊放下柵欄。

比雅日心驚膽跳看著那矮小的警察，他到底要幹嘛？他尚未想妥如何擺脫他各種盤問，機車已駛到那警察前。

警察先生約六十來歲，白髮已在耳邊漫延，眼睛瘦小，看來不很慈祥，左眼是鳳眼，眉毛細短，比雅日更驚訝的是他圓形狀的鼻翼，呼氣時像尋找食物的山豬，比雅日愈看愈覺得好玩，他發現警察的皮膚細白，可以猜出他不是台灣人，鼻樑好像斷崖突然陷落，令人悚然。

「喂，番仔，看什麼鬼東西？你是幹什麼的咧？是打獵還是放火的？」

「我是人倫部落的人。」比雅日提高嗓子壓抑心裡的害怕，兩掌緊握著。

「你說什麼？你的國語太差了。」

「我來山上採蘭花，順便到森林玩玩，打開柵欄好嗎？請相信我。」

「這位大膽的獵人，進來我要你登記，我不會放過說謊的人。」

警察的胖臉逐漸布滿鄙視的氣色，故意把胸章貼近比雅日的眼前，

他是一條一星的大人，黑色制服很新，而且燙得直挺，看來像是巡佐以上的官人，他順手拔走機車的鑰匙，走進矮小漆黑的屋子。

比雅日眼看無逃走的機會，搖搖頭無奈地下車，跟著進屋子裡，頭差點碰上門。

屋裡沒有電燈，但有一具舊式黑色電話筒，看來警察剛吃過早餐，書架上擺了幾本簿子和漫畫，四周牆上沒有什麼裝飾，只有一面擺著香火的肖像，再進去是他的臥床，廚房還冒著煙火。

「看什麼？進來，你叫什麼名字？」

「比雅日。」

「警告你，不要開玩笑，我要的是國語名字。」

「哦，全國勝，住在人倫部落。」

警察一一記錄在本子上。

「禁獵的法令早已頒定，你一定知道，『媽裡卡比』（註3），你膽大包天來違反法律，來破壞森林。」警察邊罵邊走近電話筒。

「你如果不承認，不講清楚，一通電話，你就可以直接住進監牢

註3. 媽裡卡比：當時外省人會說的三字經，以諧音寫成。

裡，那裡會自理安排。」

「是的，我是去打獵，但是用陷阱捕獵，我沒有獵槍。」比雅日的熱汗未乾，現在又冷汗夾背。

「操媽裡卡比，你讀過書嗎？眞不知廉恥，老實說，你的獵槍射中什麼東西。」他看到比雅日的背囊染了血污，更提高他的嗓子。

「你怎麼知道我有獵槍？你有聽到槍聲嗎？」

「當然有，不但如此，還聽得出那支是無照私槍，不是嗎？」

比雅日嚇得魂不附體，最近從村長口中聽說又有槍砲管制的法令。他無意間看到盤子裡的肉，看來像是路卡獵到的松鼠，他懷疑路卡告他的狀，他又想到路卡也許和自己一樣，然後以松鼠賄賂，才得以解脫。比雅日出現可怕的遐想，如果眞的是路卡搞的鬼，一定要斬斷他的腿。

「喂，你們殘忍成性的山地人，本性難移，政府讓你們無憂無慮，免於外患，你們反而好吃懶做，骯髒不守法，你不懂法律嗎？應該把你們獵人都關進牢裡，好好教育一番。」

比雅日認了，他是獵人，獵人不能說一句假話，所以他一直不答

話，他只是急著要回家。

「我這個人很仁慈，因爲我不忍心動物被你們濫殺，所以不得不逮捕你，不管你有沒有獵槍，你盜取森林的產物，可說是小偷，法律不容許小偷存在。」

雲氣漸漸透進屋內，路上的雪逐漸加厚。警察看他不答腔，全身仔細打量一番，比雅日身材高大，至少高他一個頭，留著長長鬆散的黑頭髮，腰繫一支彎刀，警察看了心寒，口氣急遽緩和下來。

「你來森林打獵是什麼動機？你一定有苦衷，山下應當不缺肉，我則每天等柴車上來，才有新鮮的魚肉。」他指著外面吊著一小塊的乾豬肉。

「不是我貪吃，我跟太太吵架，她看不起我，笑我找不到工作，所以突然對森林熱衷起來。」

「好了，說說看你背囊有什麼東西？」

「一隻狐狸，一隻山羌，和其它小東西，山羌是給剛流產的女人補身體的。」比雅日看警察不再刁難，一五一十地告訴他。

「其實要你坐牢，我於心不忍，不然這樣好啦，你把獵物留下，這樣我好交差，你就可以平安無事。」

比雅日聽到警察不再追究，他為了想快回家與帕蘇拉重聚，他害怕帕蘇拉眞的回她娘家，但他更害怕監獄的安靜，於是忍痛把山羌拿給警察，自己獲准擁有那隻狐狸。

「拿去，督揮（註4）」比雅日用布農話咒他，暗想即使沒有獵槍他還會再來，然後接住車鎖，快速離開。

「喂！老兄，慢走，改個名重新做人吧，不要再叫獵人⋯」

——台灣文藝

——吳濁流文學獎

註4.督揮：布農語，指土匪。

侏儒族

星期六，中午十二點鐘響，人們急忙衝出平日壓迫著他們的工作房，或匆匆放下絆著我們的書本、工作，大家搶先在一天半的假日裡，盡力尋求人生的喜樂。今天的天空呈現一片單調無味的淺藍色，倒是那顆炙熱的太陽，使得行人活潑快樂地穿梭在烏黑黑的街道上。

這裡是占有七十萬人口的商業重鎮，十二點過後，交通開始變得擁擠。

外祖父與我乘著轎車沿畫有黃白色線條的街道行駛，外公轉頭望連連不斷的安全分割線，他的呼吸漸漸增快，很不安地望著我，我向他點點頭，表示我有信心應付城市令人不安的種種，要他放心。

「我們是不是要停在黃線的終點？到底什麼時候才到！」

一位冒失鬼騎一輛醜怪樣的機車差點撞上我們，幸好我迅速地剎住車，避免了一件令人困擾的事件，我深深吸了一口氣，放鬆跳躍不已的心臟，斜眼看看正拍打胸脯的外祖父，裝做沒事的樣子。再過大約一公里的路程就到達了戲院，我放慢車速，繼續前進。

戲院前五百公尺起，車道兩旁擺著各式各樣的廣告牌，張貼介紹此次馬戲團表演的宣傳單，電線上以細鐵絲連成網狀平面，到處掛著色彩繽紛的彩帶及彩球，這一定是出了名的馬戲團，戲院周圍的空間似乎已不足夠擺下他們的光榮事蹟，街道的地上也沒有遺漏，車子經過戲院前，吹散了地上的宣傳紙張，看來就像是歡呼觀眾的到來。

戲院售票口前排了兩行隊伍，排在後面的人墊高腳尖並伸長脖子望著售票口，他們祈望不要亮出客滿的紅燈，心裡盤算著座位該有自己的份。有幾個人在購票隊伍旁和人群當中帶著調查局特派人員的眼神，觀察人們的眼睛，期待失望的人們落入他們的陷阱，人們只要在眼裡暗示著要他們口袋裡的黃牛票，他們的服務立刻就到，甚至保證坐在可看清體毛的座位。

我牽著外祖父的手逕自走到入口處，把朋友送的兩張招待券拿給小姐，有位年輕小姐走來招呼我們，引領我們入場就席。

這是來自洛杉磯的馬戲團，特別在台灣表演二週，而在這城市裡表演三天，每天早上，下午各一場，今天已邁入最後一天的表演，由擁擠的人群可證明大家的傳言沒有一點誇張，大家稱讚他們的表演精采無比，各項的絕活是在這城市裡不曾見過的。

我們的招待劵也許不是招待最貴重的來賓，我們坐在三十排之外，舞台闊大，視野不因距離遠而受到很大的影響，我們坐不到五分鐘，會場靜得鴉雀無聲，大家渴望節目立刻出現在眼前。

一聲音調昂亮的敲鈸聲劃空而出，嚇得觀眾拍手應和著響起的節奏，布幕隨著音樂緩慢升起。

亮眼的舞台擠滿了演員與各種表演道具，他們彎腰行日本式的鞠躬禮歡迎觀眾。在靠近左側大喇叭音響旁，有幾隻猴子及猩猩，也禮貌地揮揮手，牠們穿上顯眼的衣裳，眼睛遲鈍的人一定以爲他們是多毛的小孩。我把視線移向舞台中央的位置，注意他們的面貌與表情，看看美國女人的長相，布幕迅速地被拉下來。

第二個節目終於就要出現了，觀眾安靜地看著緩緩上升的布幕。

在台上的階梯上，終於出現了一位身高約兩公尺長的黑人。跑到舞台中央來，親切地向觀眾敬個禮，他不用笑聲來證實他的內心歡樂，鬍鬚中間出現一條寬長的白色線條，我就知道他對觀眾的歡呼與掌聲感到滿意，他不斷地做各種手勢而不出聲，外祖父懷疑他是不是個不幸的啞巴？我正要解說他是個不需用口來強辯的魔術師，那魔術師變出許多白色的和平鴿子，解答了外祖父的疑惑，他點點頭，他終於了解了。

魔術變不出任何把戲之後，魔術師再三謝幕就下台。

熱烈的掌聲又請出幾位長腿女郎及架在空中的鋼索，這個令人心驚膽跳的節目，幸好她們個個身穿引人遐想的緊身衣，否則觀眾會因她們驚險的動作而把心臟嚇停。

十五分鐘的空中鋼索表演結束，她們也得到更多的口哨聲與掌聲。

布幕再次升起，觀眾摒住氣息，望著漸漸明朗的舞台。

前面幾排突然冒出笑聲來，由笑聲中可斷定那一定是十分滑稽的表演，笑聲像波浪慢慢地傳到後排來，而聲響愈來愈強。

原來兩隻猩猩騎著單輪腳踏車，高舉比它們的腿更長的雙手臂，身

體左右擺動，在台上快速地轉來轉去。

不久，猩猩又一個一個騎同樣的腳踏車出場，牠們頭上戴著不同顏色的尖頭帽，身穿同樣款式的制服，牠們的身高約有一個轎車輪胎一般高，牠們擺出誇張的動作以取得掌聲。

「啊喲！殺日烏術（註1）」。外祖父的臉色泛白，突然大聲驚叫著。

我被他沙啞的叫聲楞住了，頓時感到莫名其妙。

觀眾的目光移向我們身上，我正要問外祖父為何突然咆哮，他站起來離開座位，奔向舞台。

外祖父的舉動造成人群的騷動，有些人站起來看著外祖父，我聽到有人說把外祖父拖出去，我趕緊跑向前抓住外祖父。

「盧斯基（註2），你看戴黃帽那個人，他是殺日烏術！真正的山地人，我要跟他說話！」外祖父手指向騎唯一雙輪腳踏車的猩猩，激動地說道。

我因近視看不清牠到底有什麼不同，把眼鏡向上推近眼睛，注意看

註1.殺日烏術：布農語，指布農傳說中身體矮小的人種，與現今國語之「侏儒」同義。

註2.盧斯基：布農語，男性的名字。

戴黃帽的那隻猩猩，約高出一隻猩猩一張臉，牠的腳與手幾乎一樣短且光亮，嘴唇和女人一般薄，牠沒有露出椅座的尾巴，原來牠只是一個普通的美國侏儒。我希望祖父不要大驚小怪，走回座位安靜地觀賞。我發現觀眾們的眼睛很不友善地看著我們。

我的勸說不被他激動的心所接納，他堅持登上舞台與侏儒講話。外祖父努力掙脫我的臂膀，對著侏儒以布農話喊叫。

表演的人以爲有人要發起暴動，布幕迅速被拉下，管理場務的人員由四方跑來抓住我外祖父，向我威嚇，並用手巾掩住外祖父的嘴巴，態度比我想像得更可怕，命令式地叫我們不要破壞秩序。

我怕管理人員對我們採取惡劣的行爲，更害怕觀眾的鬧哄聲愈來愈壯大，於是用力把外祖父拖走，加上管理人員的幫忙，我趕緊把外祖父載走離開令人難堪的現場。

我們坐在車上沉默了一陣子，車過了市界的中正橋，我的心裡終於鬆了一口氣。

「外公！你到底怎麼了？你破壞了今天的假期，知道嗎？」

註3. 國大斯．比恩：布農語，家族稱謂是以輩分為主，如果是自己祖父母的兄弟姐妹，男性的一律先叫他祖父，而後叫他的名字，女性則先稱祖母再叫其名，視同自己的祖父母。「國大斯」是祖父母的稱呼，比恩是名字。

「盧斯基，當然我不想那麼做，但你不曉得，剛剛戴黃帽那個人才是眞正的山地人，想不到他們還活在地上。」

「你說什麼?」我投以懷疑的眼光看著他的容貌表情，懷疑他否神經有問題。

回想從接他來看戲之前，沒有任何不對勁的表現，他現在的行動舉止也像一般老人屬緩慢型，我敢確定他不是精神異常者，其中必定有什麼祕密。

「國大斯，比恩（註3），你慢慢解說剛才在戲院裡發生的事，我邊聽邊開車。」

好早以前布農曾居住在一處土地肥沃，水草豐盛的大平原，那培育著布農生命的家園叫「拉目竿」（註4），部落附近是禽獸出沒的園地，正適合以狩獵爲生的布農定居。

拉目竿經過多年的平靜日子，布農的人口數量急遽地上升，但拉目竿不因布農的人數增加而擴展，禽獸、野菜一天一天地減少，爲了布農的生命，布農長老決定放棄拉目竿，而跟蹤著野獸的腳跡，向沒有外族威脅

註4.拉目竿：布農語，地名，據傳說是現今南投市那塊地方。

的森林慢慢推進。

不知過了幾代，誰也沒想到布農的足跡已踏到深山裡，就在水源充足的台地重建布農的新部落。

有一天，布農勇士們肩上挑著弓箭，帶獵狗去尋找獵物，經過一處雜木林，林間長著高低不等的各種草木，許多以前不曾看過的紫藤把樹與樹緊緊抱在一起，成爲爬在樹上的禽獸的交通橋樑，樹葉茂密使得樹底下不見天日，只能靠他們雪亮的眼睛，才能走過雜木亂林。他們爬越了一座山峰。

他們轉入一個看似山豬路的小徑。

他們愈走愈覺得不太對勁，地面平坦光滑，幾乎沒有野草長在路中央，他們重新仔細地勘察，路上石子少且沒有濃密的草叢來做掩蔽，最讓他們覺得不可思議的是路上出現模模糊糊的小孩的腳印，獵狗也不解地吼叫著。

走了沒多久，有人發現一處寬廣明亮的斜坡地，周圍堆著大石堆，縱橫交錯的石頭把斜坡地分割成幾個方塊：方塊裡長同種類的植物，生出

同樣的花朵和果實，但每一個方塊裡的樹與草就互不相同，且沒有任何雜草，草木工整地排列著，似乎是出自於人的安排。

大家跑進方塊裡近看，嚇跑了一群在地上覓食的麻雀，原來他們站在一片小米田裡，其它方塊裡長出不知名的小豆。勇士們對眼前的事物感到疑惑，他們想著，應該再沒有人能夠比得上布農，沒有人能在這般惡劣的環境裡生活，長久維繫著部落的命脈，只有布農做得到。

布農天生具有好奇的個性，他們就在小米田附近做除草式的搜索，他們迫切地想知道這土地上到底誰比布農更勇敢堅強。

有個人興奮地呼叫大家快來看，他在山峰附近找到了幾間雞舍般大的小屋，算來大約三、四十間，屋前有一步寬的庭院。

有些人在旁嘲笑大家受騙了，那些只是雞舍罷了。

但大家都懷疑這荒涼的山峰上怎麼有雞舍呢？他們相信只有布農的智慧才會建造雞舍飼養山雞，大家最後被即將揭曉的祕密所誘，大家同意冒險進屋子探查。

他們分散開來到每間屋子。彎著腰低著頭走進去。看見以小石子擺設安置的桌椅，木製的床靠在牆，床墊用猴子皮，幾乎與布農的床沒有兩樣，長度只夠橫擺一隻布農的腿，有些木製的碗、湯匙仍留在桌上，地上有幾粒煮熟的小米粒，牆上掛著各種禽獸的尾巴與羽毛，整屋瀰漫著人的味道，住在「雞舍」的似乎就是人。

大家不敢繼續逗留觀看，恐怕住在小屋的人也和自己一樣善於偷襲別族的人，或是趁勇士不在而襲擊布農家人，於是趕緊調頭跑回部落。

留在部落的女人們趁男人不在，帶小孩們到一處小溪洗澡、洗衣服，女人們勤奮地洗麻布編織成的衣服，孩子們就到附近叢林裡玩耍。

躲到樹上或粗樹幹後的侏儒嚇著了，原本以爲在林間蠢動的是山豬，他們即將吃到落入陷阱的獵物。但眼前看到是與自己一般高的人走過來，以爲是屬於同族的人，他們友善地向前與布農小孩打招呼，但布農小孩搖著頭聽不懂侏儒的每句話，侏儒也不知道布農小孩談些什麼？

不知是不是因他們的視線在同一個高度，像兄弟般身體相差不多，沒多久，他們毫無戒心地混在一起，他們互相以身體手勢交談，愉快地一起玩遊戲。

布農的女人們洗完澡，也洗完一家人的衣服，於是四處尋找小孩們，準備回家，等待男人們背食物回來。

突然有個人影在金狗毛蕨樹後出現，她們向他喊叫，要他連絡其它小孩趕快回來，但那人一句話也不回答，讓她們更氣的是他沒有一點反應。女人們憤怒地走近他身邊來。

那人一看到布農的女人，身材有他兩倍大，他嚇得連跑帶滾地去叫正與布農小孩玩耍的家人。

布農的小孩跑向心裡焦急的媽媽身邊，向他們介紹那些侏儒，並慫恿她們去邀請侏儒到家裡坐坐。

看到小孩與侏儒們天眞地站一起，侏儒和小孩一般天眞無邪，女人們漸漸排除心中不必要的疑心，於是安心地帶著小孩與侏儒回部落。

在布農空曠的院子，侏儒與布農小孩玩得十分暢快，自從部落遷移至深山裡來，母親們不曾見過兒女這麼快樂，而且侏儒的樣子眞好笑又好玩，他們的男人擁有一根布農手指長的鬍子，像山羊毛黃白色參雜在一起，臉型寬長如布農的腳掌，鼻子只有一個布農的指甲大，他們的手臂看來更好笑，也許比一隻山豬尾巴還短，肥肥的下肢看不清小腿與大腿的界限，他們蹲下來讓布農小孩騎在背上時，才發現他們穿著露出膝蓋的短褲。他們的手腳短得讓人覺得如毛毛蟲般行動遲鈍，但他們與小孩玩獵人捉猴子的遊戲時，動作異常靈活，到處躲躲藏藏，有時眞像猴子頑皮地在樹枝上搖來盪去，有時像兔子一般，在草叢裡迅速地鑽來鑽去。如果沒有看到侏儒的女人背小孩，大家一定誤會他們都是小孩呢！

有幾個侏儒的老人與女人走進布農的屋子裡，教導布農的女人如何食用山上豐盛的野菜，利用甜酒的殘渣培養出又肥又嫩並保證乾淨的蛆，哪種果子可以大膽食用，哪些不得採食，侏儒胸有成竹地教導布農，他們深信自己的經驗與智慧在山中是佼佼者，別人即使有能力來到山上，一定無法長久停留與生存。

侏儒似乎不只是具有小柚子般大的頭腦，他們的智慧不知由何處流露出來，實在令人費解，布農女人們又學會了一年十個月圓的日子裡，該種植些什麼，該做些什麼事，知道哪處的山谷夾著流不止的山澗，可以開闢成洗衣場，哪處有喝不完的泉水，侏儒也許因長久受到山的保護，不懂

得保留一點給自己，他們毫不吝嗇地把各處冒出溫水的洗澡池一一說出來。

天色漸漸黯淡，雲層由金亮轉變成濃濃的粉紅色，草木也慢慢萎縮下來，禽獸相互鳴叫著，以牠們特有的音律招呼走散的同伴。頭殼與智慧不成比例的侏儒仍不斷傳述他們的經驗。

勇士們回到部落，發現一群小孩在庭院快樂地玩遊戲，心中感到不解，逕自走進屋子裡，又發現有幾個小孩在爐竈邊，面對著布農女人比手畫腳，他們好奇地抓住女人來詢問，才知道那些小孩樣的人可能是剛才發現小木屋的主人，他們正教導女人們燒煮食物。

侏儒小得可愛，讓勇士們感到小孩般的柔弱與純潔，侏儒口裡發出親切的聲音，臉上流露出自足自信的情感，讓人覺得舒服不礙眼。

他們又認識了布農的男人，有幾個侏儒就以手勢透露野獸出沒的地方，勇士們斜著眼看侏儒懦弱般的身材，沒有想到他們也有勇士般的力量與智慧去跟禽獸搏鬥。

布農爲了尊重侏儒是森林的原住民，所以互相約定不侵犯比他們的腿更短的侏儒，並留下他們整夜喝酒歡樂。

侏儒住在尖峭的山峰，山峰長滿矮短的箭竹林，沒有高不可攀的大樹，他們像小鳥喜愛停留在樹梢上，在那裡可以自由自在與天地共存，更直接地享受到太陽、月亮的照顧，還有吃不完的竹筍。布農與侏儒部落相隔兩座山谷，等於布農走半個白天的距離，布農居住的山谷糧食充裕，加上從侏儒處學得一些尋覓糧食的絕技，布農勇士們可無憂無慮地養活整個部落的人。

久而久之，布農與侏儒成為很要好的朋友，但因語言不通和體型甚大的差別，他們一直不能成為兄弟。

侏儒與布農相識以來，約定互不侵犯而且有時客氣地互相來往。子子孫孫日漸增多，不知布農過了幾次嬰兒節（註5），布農的山谷不能再滿足部落的需求，大家非常焦急，於是經過長老一致贊同，前往更遠的土地尋找糧食。

山峰是侏儒出沒的地段，蘊藏有吃不完的食物，漸漸有人因為受不了飢餓的煎熬，因此偷偷地往侏儒的田園劫取小米。有時故意到侏儒部落

註5.嬰兒節：布農有慶祝嬰兒的節日，當天向天祈福給嬰兒。每年有此儀式，但不限定何日。

拜訪，假裝醉醺醺地走出部落，如看到矮如一隻山貓的小侏儒，就把他們活活地踏死，布農給自己找到一個理由，說是日益漸多的侏儒耗盡森林的糧食，他們不忍心讓森林消失。卻傷心地對著侏儒懺悔，說小侏儒不該躲在草叢裡，布農醉酒不小心把他們踏死，叫小侏儒特別小心，以後布農進入侏儒部落之前，必先喊叫三聲。

經布農幾次的拜訪及有意的騷擾，侏儒們察覺到布農有搶掠土地的野心，對布農漸漸產生厭煩及失望，而且仇恨一天比一天更濃，侏儒心中就像有弦的弓箭，即將發怒起來。

布農依恃著比侏儒高大、蠻壯的外表，勇士們及長老一致表決闖入侏儒的部落，向侏儒討取糧食。

這一天他們攜帶射野豬的弓箭，正走在攻打侏儒的途中，他們越過了一座山峰及山谷，再走過山谷，然後繼續爬坡就到侏儒的部落。

有個人可能碰到築有鳥巢的樹枝，把小鳥們從睡眠中驚醒，好幾隻小鳥飛向左手的方向去。由牠們美妙的叫聲與牠們白色的眼眉毛，看出牠們是帶有詛咒的「卡斯·卡斯」（註6）。

註6. 卡斯·卡斯：布農語，指布農古時敬畏之小鳥，能預測人的吉凶禍福，遇人如飛左方或只在右方鳴叫，則表示那人不可再前進，否則會遭遇不幸。此鳥喜歡棲息於矮叢林間及路旁，歌聲嘹亮甜美。

大家突然臉色發青，有些人主張即時調頭回部落。千萬不要試探布農的詛咒，前面就是埋藏著咒詛之地，可能有外族的陷阱。

但有些人不甘心，已經走過了一座山峰及兩座山谷，更不願放棄日益壯大的勇氣，他們不願回部落去請示「卡斯．卡斯」，於是請長者另尋解除咒詛的方法。

長者很不情願地教大家另一辦法，他不敢保證此方法是否完全解除咒詛，於是叫大家原地向左手邊轉三圈，蹲下來，然後起來再繼續前進。

走到侏儒部落附近，他們沒有受到任何攔阻，心想詛咒已解除了，於是大家更大膽地走近部落。

他們遠遠看到小屋的窗門敞開著，不見侏儒的影子，庭院整齊地擺著各類器具，好像侏儒的一天尚未開始，部落顯得特別寧靜。

他們走近部落的第一間屋子，大聲喊叫，沒有回聲。他們於是更大膽地衝進屋子裡。

每間屋子都是空空地，布農發覺情形不大對勁，害怕是個陷阱，於是集合勇士們，準備逃離已受詛咒的地方。

勇士們正要轉身離開，突然從芒菅草叢後面出現布農腳底般長的木箭，狠狠地射過來，接著又從四面八方像落雨般地射來，布農被閃電式的突擊搞得不知所措，雖小木箭不構成生命的威脅，已使得勇士們心慌腳亂，而且有些人傷勢慘重，有些剽悍的勇士奮勇追逐侏儒，然而侏儒熟悉地形，藉著樹藤盪來盪去，而且他們小得任何空隙皆可作爲避難處，布農知道今天絕對無法取勝，最後決定先回部落療傷，商討如何討回面子。

受傷的勇士在部落養傷，沒受到傷害的勇士準備著弓箭。他們的野心沒有因這次的挫折而銳減，反而計劃某日偷襲侏儒。

第五個晚上，勇士們選擇當天凌晨拂曉時刻攻擊侏儒，布農知道白天或晚上襲擊必定吃虧，侏儒可利用黑漆漆的草叢而自己暴露於太陽或月光下。因此趁月亮正離開山峰，太陽尚未升東的黑暗時刻去攻打侏儒。一路上他們放輕腳步，不願嚇醒仍睡熟的禽獸，以免製造聲響，當然更不願意遇上全身是凶兆的「卡斯、卡斯」。

來到部落附近，勇士們把獵狗放開，然後蹲在草叢裡，擦掉沿路來黏在身上的露水，大家緊張地等候著獵狗的警戒鳴叫聲。

過了不久，獵狗搖擺著尾巴走回來，只有一隻獵狗不知哪裡去？此時，天色漸白，大家可看清侏儒的房門已被獵狗撞開，相信侏儒已不在部落裡。

忽然一陣急喘的狗吠聲劃空而去，在山谷裡嗥響形成哀怨的吼聲，布農勇士失去智慧似地，盲目地衝向狗叫的位置。

那隻狗看見了一群侏儒的足印，從零亂的痕跡可確定他們昨天已逃走了，大家相信腿短的人走不快，於是決定順著足印快步追趕。

東邊的山峰上正露出半身的太陽，大家依然戰戰兢兢地拿著弓箭跟在獵狗後面。他們穿過森林，翻過二座山峰及大片的草原，除了腳印，沒有任何發現。

勇士的影子漸漸縮小，光線變得強烈起來，他們來到一個斷崖，布農看到崖上是一片深藍的大海，金黃色的天空照映在水上，讓他們看不清大海的邊界以衡量它的面積。

獵狗在一處黃土上大吼大叫，不再繼續前進。

勇士們跑去觀看，一路上踏壞了滿地的玉山懸鉤子，但他們不再被

它甜又軟的果實所誘，勇士們衝向那片空地。發現是一片不毛之地，踏起來硬得像木板一樣，而且有細軟像木屑般的黃土。獵狗就在二十個人屁股大的硬土打轉，再也找不到侏儒的足跡。

有些人懷疑侏儒是否會像土撥鼠鑽入地底下，因此合力在地上挖洞。

他們嚇一大跳，原來黃土是一棵巨大的樹幹，大家議論紛紛，經過大家的開會討論，最後大家都相信侏儒已發怒了，近幾天合力將巨木砍斷，巨木橫倒在海上，於是他們乘著樹幹漂流他處，離開已令他們不信任且傲慢的布農，至於漂向何處？勇士們的智慧猜不到，獵狗靈敏的鼻子聞不出結果，但世代的布農仍想念著那些眞正有本領住在山峰上的人。

從後視鏡裡我可感覺到外祖父依然激動著，我們已離開城市五十公里，我忽然對外祖父有一份歉疚感，他在戲院所做的一切沒有錯，我想著如何彌補自己的過錯。

外祖父低著頭對我說道：「原來他們還活著，剛才我只想跟他說幾句話，並且請求原諒祖先的過錯，現在我們布農已生活得很舒適，如果他們願意回來，我們布農一定歡迎接納他們。」

我相信外祖父講的古老事蹟，但舞台上的侏儒是美國人，而且是因爲內分泌或遺傳的缺陷，他原是正常人，不是外祖父指的侏儒。但他那副眞誠的表情，欲懺悔卻找不到投訴的對象，就像牢裡被冤枉的犯人，找不到公正的法官一樣的神情，我感到有點慚愧，不應該阻止他，就讓他親身知道那些侏儒不是住在山峰上的山地人。即使是，他們已聽不懂任何一句布農話，而且他們絕對寧願活在美國的山峰上，而沒有人願意回來，於是我又把車轉回戲院。

來到會場，戲院裡只留下拆著道具的工人，馬戲團的表演已結束了。

我牽著外祖父，對著他點點頭，表示他講的沒錯，讓他更加相信眞正的山地人仍然活在地上。他們會永遠活在這個世界。

我們奔馳在回家的路上，侏儒族的沒落讓我感到遺憾到底那段傳說是否眞實？善於傳說寓言的布農到底要表達些什麼？侏儒的生命史會不會又出現在另一個種族的命運裡呢？住在高山的布農日漸矮小，最終會不會

只到別人的肚臍眼呢？

——七五、一、十六自立副刊

——光華雜誌轉載

馬難明白了

鳳凰花開，亮片似的落葉灑滿地，使得光禿禿的操場增添了些色彩，每到六、七月，整個校園煥然一新，夏天是國光國小最美的季節。校園四周圍著兩公尺高的水泥牆，與牆外的車道隔絕，並且阻止汽車廢氣滲入校園內，牆內種了又高又壯的鳳凰樹，以減緩車聲、行人吵雜聲的干擾，學生一到下課時間，最喜歡跑到樹下玩各項遊戲。男生與女生都以大樹幹作爲家，兩眼矇上學校規定每日必帶的手帕，玩起捉迷藏，男生蹲跪在挖了幾個小洞的地上，他們不在乎泥土是否帶有細菌，他們只專注於如何使晶亮的彈珠滑進洞裡。有些女生找到太陽照射不到的樹蔭下，在地上畫上深深的幾條粗線，組合成好幾個方格子，她們玩著踢石子的遊戲，格子中間放了塊正圓的石塊，左腳往後屈曲，用右腳一格一格踢向前。有的學生戴著與面額不成比例的眼鏡，低著頭正聚精會神看著漫畫書和故事書。有幾個頑皮搗蛋的天才兒童，用凋落下的鳳凰花黏成蝴蝶，輕輕地放

在女生的頭髮上，當她們頭上的花蝴蝶被發現時，他們便哄然大笑，然後逃之夭夭。只有少數的人冒著砂塵吹進眼睛的危險，在滿地灰土的操場上盪鞦韆、玩蹺蹺板，至於內向溫靜且懶惰的學生則擠在走廊上，他們似乎找不到比走廊更合適的場所。

跳遠場地邊的一棵樹下有一堆人在打紙牌子，史正的左手正拿著一疊厚厚的紙牌，胸前的衣袋也裝滿了紙牌，右手舉得高高準備把對手的王牌掀起來。右手猛力一拍，紙牌轉了二個圈而後翻到鐵金剛的正面，他贏得對方一張最後王牌。史正跳了起來慶賀著自己獲得全勝，並趕緊把對方的王牌拿起來，放進口袋裡，兩手抓起全部的牌子，並舉起來向正在打牌子的同學們炫耀，同學們看了一眼，然後繼續玩他們的遊戲。有一張牌由史正的左手飄落下來，史正把牌子裝進口袋，彎腰把掉在地上的牌子撿起來。

「喂！黑人，黑人牙膏，把我的牌子還給我。」史正看了他一眼，不理會，轉身就走。

「你聽到沒有？全部還我。」

對方又一次大聲吼叫，嚇得其他同學轉過頭來。史正也莫名其妙地轉身瞪著他。

對方突然抓起他突起的口袋，要把牌子搶回去，其他人看到這一幕，向前攔住對方的手，並合力把他推倒。

「王志豪，你怎麼那麼番，輸了就輸了嘛！何必再討回去，以後不要跟你玩了。」

大家異口同聲地說。史正把贏回來的紙牌丟到地上，大聲對王志豪發誓不再與他玩紙牌。

操場上的學生及校園各角落的學生都停止他們的遊戲，衝向自己的教室，全校四千多位學生在狹窄的校園同時衝向教室引起的騷動，提醒了史正他們，原來上課鐘響了。

史正與其他同學急忙拔腿跑回教室，留下王志豪撿著散落於地上的紙牌。

國光國小是這城市西區的一所小學，校園面積長有六百公尺寬四百公尺，除了操場之外。有五棟教室，每棟四層樓高，史正就讀四年七班，

他們使盡全力快速跑上三樓的教室，到達教室時同學都已坐好，等著老師上課，幸好老師還沒到教室。

史正他們尚未整理出這節課所需要上的教材，老師已拿著一本課本跨大步登上講台。

「起立！」班長喊了口令。

「好！好！請坐下來，不用敬禮了。」

此時王志豪從後門悄悄地進教室來，被正翻動課本的老師看到。

「王志豪。」老師用著嚴厲的語氣叫道。

王志豪站在他的桌旁不動。

「怎麼遲到呢？」

王志豪低著頭，滿臉通紅講不出話來，兩眼斜看著史正。

「好！坐下，以後再遲到要處罰你。」

「今天要上第五課，把生活與倫理課本翻開來，我們講吳鳳的故事……」

下課鐘響了，有些人早就把課本塞進抽屜裡，也有人的腳已跨出課桌椅旁，準備搶先占領一處樹蔭。

史正心情沉重地坐著不動。

「吳鳳就講到此，你們這班有誰是山地人。」

「老師！黑人牙膏史正。」王志豪舉手搶答。

大家哄然大笑，史正原本紅棕色的臉孔現在變得更暗了。

「各位同學，不是老師要歪曲山地人的本性，以前的山地人因未受中國倫理的薰陶，所以我們不怪他們，今天講的故事與現在的山地人無關，現在的山地人已都進步了，已變得很聰明，大家不要笑，史正雖然是山地人，但是他的功課相當好啊！」老師止住大家的笑聲。

「好！下課。」

大家一哄而散，只剩下幾個人在教室，史正依然坐著發呆。

突然有位同學跑到史正面前擺出殺人頭的姿勢，十指緩慢抖動跳起山地舞。

史正並不被王志豪過分扭曲的動作所激怒，他低下頭來整理課本。

王志豪看到史正不理他，而其他在教室的同學，沒有人前來附和他，終於沒趣地走出去。

史正把頭埋進雙臂之間，將老師講的故事再回憶一遍，他儘力想把吳鳳的故事排擠出自己的腦海裡，沒多久，上課鐘響，他這節下課沒走出教室一步。

最後一節上算術課。史正無精打采，老師沒有發覺到史正異樣的舉止，整整一節課的時間，史正的心裡只想快快打鐘下課，但心愈急時間更慢。

下課鐘聲終於響了。史正整理好書包，老師離開教室時，他打算搶先第一位衝出教室。

突然王志豪跑來攔住他，又擺出祭人頭的姿勢，雙手在頭上舞動，兩腳大力地跳起山地舞，頭頸誇張地搖晃，口裡以閩南語大聲地朗誦著：「黑肉番、番仔番、眼珠大、皮膚黑、黑仔番、殺人頭、吃人肉、真殘忍、是番仔。」

幾乎全班同學都停止收拾書包，搶著看王志豪在史正面前耍戲，有些人拍手出聲相應和，使得王志豪更大膽地走向史正面前，相距不到半步。

他不聲不響地拉住史正掛在脖子上的山豬牙項鍊，以右手用力扯斷，並掀起來讓大家看。

「看！這是番仔的標誌，他們都是很殘忍的，不但殺了吳鳳還殺了無辜的山豬，再把牙齒狠狠地拔掉。」王志豪學拍賣場商人的音調，且使出全力喊著。

史正不能穩穩地站著，他真想瞬間消失在這間教室。但大家已把史正圍起來了。

王志豪又拉開嗓子唸三字經。

史正立刻抓著王志豪的手，並把他推開。差點把他的頭推到桌角上。

王志豪迅速站起來，向前把史正抓住，他倆扭成一團。有些女生尖叫起來，常在一起打牌的幾個男生向前抓住史正，並幫王志豪用力把史正推走。

「番仔！走開啦！快點滾回去。」

史正抓起書包猛力衝出教室奔向校門……

史正還在樓梯走道上，但哭聲已經傳進屋子裡來。休假在家的父親趕緊幫史正開門，打開內門，史正一看到爸爸又提高聲調。

「怎麼了？打架輸別人是不是？」史正的爸爸邊開外門邊說道。

外門一打開史正丟下手裡的書包，緊緊抱住父親的雙腿，流下許多的眼淚，弄濕了爸爸的休閒褲。

「阿正，你受了什麼委曲？」

「爲什麼？爲什麼？大家都笑我是番仔子，我住平地，一句山地話都不會講，同學們都笑山地人是野蠻人。」

「阿正！山地人有什麼不好，你不想當『布農』（註1）嗎？」父親停頓一會兒！看到史正不回答繼續說道：「你雖然不住山地，但是你有雙大眼睛、棕色皮膚、濃眉這些都是布農的記號！你能丟掉它們嗎？」

史正頭垂得很低，不吭一聲，只知道哭。

「別哭了！晚上爸爸叫你媽媽帶你逛街買玩具，然後再帶你上館子。」

註1.布農：布農語，指布農族，但也解釋為山地人，或指人類。在布農語裡，布農＝山地人（山胞）＝人。

「不要！這些我都不要，我只要……」史正搖著頭大聲地回答爸爸，又繼續抽泣。

「是你自己說的唷！讓你享受一晚，你不要，你到底要什麼？」

史正此次倒向爸爸胸前，他父親兩手抓住史正的臂膀，輕輕地撫摸他的脖子。

「阿正你的山豬牙項鍊跑去那裡了？那是你祖父送你的禮物，不能送人或丟掉唷！」

他父親把史正拉到椅子上坐著，並詢問山豬牙的下落。

「我……對不起，已不見了。」

「是被人偷走了？還是你丟了？」史正的父親口氣變得比較強硬些。

史正又傾身靠在他父親的大腿上大哭。

「幹嘛！不能掉眼淚，否則給你罰站。」

「同學說山豬是益蟲，戴上山豬牙就代表我是眞正的野蠻人，在回家的路上我邊走邊感到羞恥，所以把它脫下丟掉了，丟到臭水溝了。」

「丟掉後，有什麼改變嗎？」

「心裡比較舒服些。」

他爸爸知道把心裡的氣憤發洩出去是健康且無害的。因此不再繼續追究下去。只是感到可惜，遺失了代表祖先勇猛的山豬牙。於是撫摸他的頭髮，要史正放輕鬆些，並叫史正停止住他的哭聲。然後關心地問道：

「同學有出手打你嗎？」

「上次爸爸你教我如果遭受同學的侮辱，就與他們抗衡，看看誰比較強，我就照爸爸的話去做，大家不敢隨便欺負我。今天那些頑皮鬼笑我是番仔、不要臉、番仔殺人頭、吃人肉、番仔最殘忍。我非常生氣，我心裡已有反擊的準備，但全身都在發抖，兩手發軟，不能抬起雙手與他們摔角，我知道我已哭著掉眼淚，所以趕快逃回家。」史正不再哭泣。語氣變得較平穩。

「爸爸！我們的祖先眞的很殘忍嗎？」

「誰告訴你的？」

「課本寫的，說山地人砍了義人吳鳳的頭顱。」

「哪個老師教的？」

「我的生活與倫理老師，故事記載在課本的第五課。」

「當時山地人可能看錯人了吧！誤殺了那個叫吳鳳的人。」他父親終於知道是課文傷了史正，因此開玩笑地說道。

「我們的祖先眞笨，人家吳鳳對他們說有人穿紅衣、戴紅帽、騎白馬的人會路過，他們怎麼聽不出來那紅衣人就是吳鳳？」

「祖先他們並不笨喔！過去是靠狩獵和採集水果爲生，他們都要具備靈敏的手腳才能捕獵比人類跑得更快的動物，頭腦也是聰敏的，才能設計出各種狩獵的方式，我們可以在這寶島上傳宗接代，到今天你這一代，可以說明他們是聰明偉大的。」

「祖父不是獵人，他是農人，那他最笨了。」史正又開始他頑皮的個性調戲自己的祖父。

「到了你祖父這一輩，森林全部受到嚴重的破壞，動物不但找不到糧食來延續他們的生命，找不到可築成家園的空地，你祖父他們不能再繼續以狩獵爲生，他們不得不尋找另一種取得食物的方法。於是開始開墾山林，觀察四周環境及注意氣候變化，尋找適合的植物來種種，這些都是需

要頂聰明的頭腦才能做得到，所以你不要看不起農人。」

「祖先聰明，祖父也很聰明，爸爸你是醫生，那我應當更聰明了是不是？」

「那當然！」爸爸又一次抱起史正的頭搖一搖。

「我們的祖先爲什麼不做買賣呢？輕鬆又可賺大錢。」史正好奇地問道。

「誰告訴你的，我們祖先以前那裡有商業行爲，哦！買賣的交易活動。」

「課本說吳鳳是商人，常到山上做生意的呀！」史正胸有成竹地告訴爸爸。

「那是吳鳳到山上賣他的東西，那些物品大多是山地人不曾見過的，所以就拿出山產與吳鳳交換，有時一隻鹿只換來幾盒火柴哩！」

「山地人爲何不下山賣山產？平地人沒有智慧去捕捉山豬野鹿，他們一定會搶著用更多的火柴跟山地人交換。」

「以前沒有現在那麼好命，全家大小都要去尋找食物，哪裡有時間到處叫賣，你這種年齡早就加入尋找食物的行列，獵人要不斷改良狩獵技巧，農人要時時照顧農作物的生長，待在家的女人負責飼養雞兔及抓回來的豬羊，不但可以保持充足的食物，有時還會有剩餘的，那時大家互相信任、尊重對方，所以只有互相交換所需的東西，沒有買賣行為。買賣是因為與外族有了往來才漸漸應用得到的。」

「那麼是因為大家互不信任才有買賣的唷？」

「不完全是這樣，主要是因為大家互不相識，必須用買賣，作為溝通的橋樑，物與物的交易是最根本的。」

「吳鳳僅僅是個商人，他也是一個人，山地人為何砍下他的頭？」

「吳鳳是什麼樣的一個人，沒有必要去追究，更不需要記住他，如果爸爸活在那個時代，也會雙手贊同砍下吳鳳的人頭，因為他註定要被山地人砍頭祭神。」

「爸！想不到你也那麼殘忍啊！」史正指著爸爸的臉。

「那是吳鳳的命運不好，山地人無法制止。」

「爸！你不是常說，布農不相信命運的安排嗎？」

「那只是一個小學課本裡的一個故事罷了，不要當眞，如果太重視這段神話故事，只會帶給雙方不必要的困擾與仇恨。」

「是課本裡的課文咧！不是老師用嘴巴說出來的神話故事。如果吳鳳是編造出的故事，那麼應該表明是傳說呀！」

「阿正！你三年級時不是說國語課本講到布農的弓箭手，同學有沒有羨慕你這布農小子？」

「才怪，老師說那已是幾百年前的傳說故事，現在的布農可能一個鋼板都彎不起來。大家只是把它看做一個好玩的故事罷了。」

「算了，爸爸今晚可以講一大堆故事，或寫幾篇山地人遭不幸的軼事，保證比吳鳳更精采。」

「太棒了！太棒了！一言爲定喔！」

史正要他爸爸與他勾勾手以保證實現諾言。

「對了！你山上的祖母不是養了許多雞嗎？」

「嗯！」史正開始動動他脖子點點頭，對父親的問題感到很奇怪。

「那麼雞有幾種顏色？有幾種不同的體型？」

「那麼多我怎麼知道？」

「你每次回山上時，雞的數目是不是愈來愈多呢？」

「對啊！」史正肯定的點頭，每次回山上，他必先到雞舍丟米粒，觀看雞搶食物的情況，他對雞舍的印象特別了解。

「那就是因爲牠們能和睦相處在一起，才能生出那麼多的後代，至於顏色、體型的不同已不重要了。」

「但是雞有時會打架哩！」

「牠們只是因搶食物或無聊或被關得不耐煩才會以打架來消遣，最後牠們仍然可以住在一起。」

「哈哈！雞跟人沒有什麼兩樣嘛！」史正聽懂了父親的一番話似地，兩手拍著、笑著。

「對！你說不要大眼睛、棕色皮膚，你難道不喜歡爸媽？」

「爸！剛才只是講氣話嘛！」

「這些都是因環境不同，氣候及種種因素所形成的，影響了整個人體的外型與顏色，世界那麼大，一定會產生各種不同的人種，但這些只是

外表，與智慧、道德沒有多大的關係，所以皮膚黑並不代表就是野蠻。」

「爸！我明白了。」

「你告訴爸爸，你還要不要棕色皮膚及大眼睛？」

「爸！我說過只是氣話罷，不然我把它再收回來。當然我要大眼睛，眼睛大才會跟我的小花一樣可愛。」史正養一隻吉娃娃，名叫小花，他每天下課之後，常與牠玩耍，他最喜歡牠的大眼睛。想到小花，他臉上露出微笑。

史正聽了他爸爸的一番解說後，漸漸地變得活潑，心裡充滿了信心。

「爸！其實他們才野蠻，他們家人常常吃狗肉，噁心死了！」史正作出噁心狀。

史正的父親以前也遭遇過被視爲他族的痛苦，平地人都不信任他，甚至受到莫名其妙的看待，他自己無法找著肯定自己的理由，但他相信他父親說過的一句話，不管任何種族都會合作抵抗侵犯台灣本土的敵人，他開始謙卑，溫馴地對待別人，因此度過了迷失自我的階段。他不願讓史正與平地人繼續持著不信任的態度一起生活，因此好言相勸說道：「那不能說是野蠻，因爲他們不會跟狗親密地相處在一起，所以不了解狗也有靈性。以前獵狗和布農的勇士日夜相伴追尋獵物或幫女人看門，當然布農就不敢吃牠們的肉，也禁止自己的族人吃狗肉。過幾年後，布農成爲都市人時，說不定也有人吃狗肉。」

「太可怕。」

「人本來就沒有所謂殘忍的種族，或是天生善良的種族，但是不要因爲身爲布農而感到羞恥，就想拋棄自己的祖先，而是應該要與同學們好好相處，讓他們知道你是布農但絕不是野蠻人。」

「塔瑪（註2）！我知道了，我要讓同學們知道我不比他們野蠻。」

他父親聽到兒子用平常極少用的布農語叫他，頓時感到心靈與兒子緊密地聯合在一體，心中興起一陣欣慰感。

「馬難（註3）！把臉洗一洗，等一下你叔叔要與爸爸喝一杯聊聊天，他看到男孩流淚會生氣的喔！」他父親也回叫史正的布農名字。

「是不是在東區區公所上班的那個叔叔？」

註2.塔瑪：布農語，意指父親。
註3.馬難：史正的山地名字。

「對！他上次回山上看他爸爸，誤了上個月的每月定期餐聚，而且爸爸已兩個月沒喝酒了。」

「爸爸！我最後問一個問題，老師說山地人愛喝酒又容易鬧事，是不是眞的？」

「去吧！趕快洗臉。那是他們對山地人的『稀利斯、稀利斯』（註4），千萬不要中計。」他父親小聲地說道。

好不容易才使史正卸下內心的武裝，他不願史正再戴上沉重的負擔。因此不再繼續談論，催史正去洗澡準備上街。

史正又拾回往日的歡樂，蹦蹦跳跳，跑進洗澡間裡放水，洗澡，準備今晚與母親出去玩個痛快。

——台灣文藝九十九期

註4.稀利斯、稀利斯：布農語，布農祭司或巫婆的咒詛分兩種，一種是為人祈求福氣，另一種是咒人陷入惡運中，此句屬邪惡的咒詛。

夕陽蟬

「媽，我出去一下。」

金谷打開抽屜拿出一包袋子，裡面裝著兩隻原子筆和一疊厚厚的稿紙，前幾頁被磨黃但裡面沒有一個字兒。暑假他回來，一心想成爲作家，小時候他曾寫一篇有關地瓜的文章，得到九十八分的讚美，從此他自信頭腦與眾不同，他的母親也常對他說，金谷的聰明伶俐是毫無疑問，他是天才。他穿上媽媽的拖鞋，白色短褲，做他例行的遊玩。

金谷緩緩越過庭院，打開竹籬笆的板門，他家的獵狗想跟去，趁金谷還沒關上由門縫裡鑽出來，他向來不喜歡帶獵狗出來，因爲他無法忍受邊走邊拉屎的狗性，欣賞鳥獸時，牠會無理地嚇跑牠們。他抱起狗，丟進庭院裡，牠吠個不停吵著要出去，好像臭罵金谷的自私與無情。他快步離開，擺脫獵狗的糾纏。

金谷穿過教堂前的廣場，這棟白色教堂矗立在部落的中心位置，它

是部落裡最昂貴的建築物，三層樓高，從教堂的鐘樓可以鳥瞰整個部落，就算是在樹林裡躲藏的木屋，十字的霓虹燈也可以照射得到它們的屋頂，教堂一直是族人活動的中心，而高掛國旗的辦公廳則不甚起眼，冷冷地座落教堂邊。

走經部落唯一的大道，它貫穿村頭到巷尾，坡度很斜。三個頑皮的小孩正搬運滑板走上來，遇到金谷，他們害臊地問：

「戴眼鏡的，你是誰？要去哪裡？」也許因爲他們國語講不清楚，他們感到有些困窘。

金谷要回答時，他們卻笑著跑走了，他搖搖頭，看著他們跑上坡時吃力的小腿。

穿過起伏不一的小巷，走到小石路來，小路沿著水溝伸到水源地。水清澈而且速度比河水快，他邊走邊看水流的方向，期待水中漂流一些好東西，沒多久他感到頭暈。他停下來看打在水閘的水花。忽起忽落，永恆不變，如果生命如此多好！他已經好幾週在此思考這個問題，想到這裡得到生活的啓示，但手上的筆沒有一次在此動過。

他繼續隨著河床逆水而上，卸下不合腳的拖鞋，留在一塊大石頭上，以小石頭壓著，這是布農族的習慣，墊上小石頭的東西，表示它有了主人。他在亂石與細砂上亂闖，像小孩不怕皮破般活躍，他走近水道較寬廣的地方，河水變得很薄，可以清晰看到小魚拚命往上游，有些魚翻起雪白的肚皮，隨河水漂流。虎視眈眈的紅尾蝦，架起比它體長一倍的手臂，在石縫裡探索。他害怕捉蝦，以前他常來河裡捉蝦，曾經有次被紅尾蝦夾到拇指的傷口，他永遠忘不了那可憐的景象，他哭著回家。

兩邊山谷流出來的河水在此會合，水聲愈來愈響，形成一個橢圓深水窟，水底深藍像個湖，水面飄著幾片樹葉，跟著漩渦打轉。他曾在這裡消磨多年的假期，游泳和捉魚摸蝦，潛水欣賞魚的生活，最令他感到驚奇難忘的事，是魚鱗受透進水裡的陽光照射，忽暗忽亮地閃動，像旋轉的鑽石使他產生野心。有次爲了要捉一隻鮮豔的彩色魚，折騰到黃昏，他媽媽氣憤地帶竹條找來，打得他痛哭流涕。想到此，他笑笑，注視著埋藏回憶的水窟。

河床兩岸是平緩的山坡，原始相思樹緊密排列，參雜一些喬木，每

棵樹幹粗大，葉子深綠細長，枝條繁密，風在樹幹間隙柔和地流竄，造成一片沒有濕氣的樹蔭。底下長滿零亂的蒲公英和一片繁殖力極強的白茅。放大眼睛可以眺望整個部落。金谷雙手環繞兩個小腿坐著，下顎緊貼在膝蓋，望著田裡的農夫熟練地插秧。

梯田的水面，像一面巨大鏡子，農夫站在水田裡反映出迷人的景色。

樹林很靜，除了幾隻弄大嗓子的蟬叫聲，它們慵懶地叫，有的已經變了調，甚至叫不出來，但仍然有規律地敲擊樹枝，好像企圖於黃昏之前耗盡聲音與生命。淡淡的夏風吹得樹葉互相磨擦，發出令人昏睡的聲響，他伸張兩臂，把兩腿擺在最輕鬆的位置，躺著欣賞樹林，漸漸感覺自己漂流在遙遠的地方。

空氣慢慢轉涼，金谷打個噴嚏，揉揉鬆弛的瞳孔，他戴上眼鏡，此時午蟬已經停止鳴叫，模糊的山風滯留山坡上，樹林沒有因而安靜，接著不同音調不同音色的蟲鳴，頻率較高而且急促，好像催促貪戀異鄉晚歸的頑童趕快回家，又好像牠們因錯過了一天，所以不停地叫。金谷趕忙起身，不小心搖動一棵小樹，驚動樹上一隻夕陽蟬，蟬聲突然停住。金谷收回跨出的右腳，不願讓夕陽蟬飛離辛苦找著的安適家園，但牠依然不聲不響地飛走。金谷心裡感到歉疚，自己並不是有意破壞牠的寧靜，牠原是緊緊抱住相思樹的樹幹，不該因小小的驚嚇就拋棄牠辛苦找到的安全園地。更何況沒有任何情況威脅牠的生命。金谷正尋求夕陽蟬為何易受驚嚇的原因，有個黑影急促掠過他頭頂上方，然後緊貼在夕陽蟬先前飛離的那枝樹幹，他尚未看清是否牠就是剛飛走的夕陽蟬，蟬聲漸漸由低變高，音調由顫抖而穩健，奏成高且緩慢的樂章。再聽見牠的聲音，且飛回自己的家園，金谷心中高興，然而暗自猜想，牠是否發現沒有比自己的園地更安全更寧靜的地方，或是牠又到處受到威脅。金谷發現整個部落已不再受陽光照射，兩腿連跑帶跳衝回部落。

金谷由夢中醒來，右臉特別紅潤，浮現床單的痕跡，金谷匆匆收拾被踢到床下的棉被，揉揉鬆弛的眼球，直到看清楚已經是下午四點，他戴上眼鏡，坐到軟軟的沙發椅上，抽一支兒子由美國寄來的香菸，在睡意猶存之下懶懶地吐煙圈，他為剛剛出現的夢境感到納悶，好像有一圈解不開

的結，他抽完一根煙，把最後一個煙圈用力吹散，伸展兩臂，起身進行每日該做的事。

這天是第二個星期日，他開始在三十坪大的屋裡踏步，儘量放鬆步伐，這是他養身的方式，並且打開電視，邊走邊收看電視新聞的報導。又是慘不忍睹的姦殺案，又是一件令人不願再聽的小學生耍弄槍刀，談了五十年至今還是熱門話題——保護地球的生命。又是……，他聽煩了也走累了。停下來逗逗兩隻小麻雀和三隻小田鼠，在這島上牠們的種族瀕臨絕種，因此金谷特別照顧牠們，倒一杯蛋白精粉和澱粉液，而後撫弄田鼠金黃色的背毛，田鼠吃飽後，瞳孔漸漸放大，眼皮也開始滑落。於是金谷走到窗邊的小水池，倒放一些魚餌給金魚，牠們似乎不被魚餌吸引，拚命往冒氣泡的充氣管衝撞，金谷發現魚兒不被魚餌餐所誘，只管往氣泡游，他頓時想到剛剛夢裡的魚是往水源衝，和水族館金魚的景象似乎相同。金谷收下魚飼料，坐回沙發靜靜地回想。

下午五點半，金谷不再繼續每日同樣的工作，想了許多日子，下了幾次不很確定的決心，現在他終下定決心要回到山上，做他想做的事，重溫孩童時所擁有的喜樂。於是拿起電話，撥給在省府上班的朋友。

「喂，我是金谷，對不起，請問是高公館嗎？惠蓉有沒有在家？」

「我就是，請問貴姓？」

「我是金谷，請教妳一些問題，最近幾天我想……，我想重新歸化山地籍，你們山地課會不會刁難？」

「當然不會，但是自從西元一九九〇年以後，有關當局為了提升山地人的社會地位，規定要是遠離山地保留區，更改戶籍，以及自願放棄山地人的身分，這樣就可以和都市人共同生存，我想那時你應該二十出頭，一定知道這回事，五年之後，他們山地人的人口總數只剩一萬五千多人，所以有關當局把省府唯一的山地課取消，編入我們山地農務局，一方面管理山地的森林財物，並且輔導進步緩慢的山地人……」

「我不管它有多落後！現在我只想到山上看看自己的故鄉，到底要辦什麼手續？」

「有關當局早已明定既然歸化平地籍，就不能再享有特別保護與優待，我們山地農務局就是怕有些人好吃懶做，或不求進步的人，而故意加

入山地籍取得生活救濟金，所以如果你要回到自己的族籍，就永遠翻不了身，也無法自由出入城市，你最好詳細考慮再做決定。」

金谷面色突然改變，臉上浮現著苦悶的氣色，他急著想回到曾經養育他九年的土地，回家鄉呼吸不會忘記的草香味。他小聲地向電話另一端道謝，而後放下電話，全身倚靠著沙發椅，像患蒙古痴呆症似地眼珠盯著電話。

幾乎過了半小時，他又走回電話桌前再次撥給高惠蓉。

「喂，再打擾妳，明天一大早我會親自到農務局，希望妳幫我整理文件，謝謝妳，再見。」

第二天金谷來到農務局，在卡片上填寫履歷表，然後輸入電腦，不到半分鐘，允許他申請入山地籍的答案呈現在表格裡，於是他繼續走向高惠蓉的桌前。

「喲！金谷你早，你眞下定決定了嗎？」

「你好，我的文件齊全了嗎？」

「好了，但需要最後的約談，等一下你到A室找林主任。」

金谷走向貼滿梅花樣式的磁磚走道，走近門前兩公尺，電動門自動開啓，他走到一個寬敞的梅花型桌前，門自動鎖上，有三個人靜靜地埋頭工作，似乎不知道金谷的來臨。

「請問，哪位是林主任？」

坐在最左側的一位頭髮白皙但身體健壯的先生悠然抬頭，睜大兩眼在金谷身上搜索，一會兒他放下原來的工作。

「請你到桌前。有何貴幹？」

「我要申請重新歸化山地籍，可以嗎？」

「哦，金谷就是你吧？高惠蓉跟我提過你的事，好，把桌上的表格填完。希望照實寫上，但最後我要問你幾個問題。」

「你哪一年出生？家住哪一區？什麼時候歸化平地人？」

「一九二〇年出生，家就住在中正區，四十年前歸化平地籍，我原是布農族人。」金谷一面填寫一面回答問題。

「你曾在哪裡工作？收入多少？是否已退休？」

「我在ＩＢＭ電腦公司上班，五年前退休，現在靠點存款生活。」

「家裡有幾口?對，還有你的財產。」

「現在只剩我一個人在台灣，一個孩子在美國修太空博士，大兒子在東歐已經成家，女兒也已成為他人的孩子。至於家產……只夠我平安地回到地裡安息，我現在六十五歲，所以請你幫個忙，讓我回到自己的家鄉。」

「金谷先生，你應該了解有關當局的作法，想通之後，再回來取准許證明。」

「不用了，我心意已定，等待對老人來說，是一件殘忍的事，所以如果今天可以批准，那就批下公文給我。」金谷堅定帶有顫抖的語氣回答。

「既然等待誠如你所說的那樣可怕，那就拿走吧!但記住，我們有關當局不會同情你的反悔。」

金谷由他們上揚的眼角可以看得出事情已獲得解決，手續辦完之後，興奮地離開。

第二個星期的週末，金谷把家裡的大小事情辦妥。準備先在老故鄉尋好定居之處，再全部搬走家具。他搭乘往水里市的快速電車，車廂裡擠滿出去郊遊和踏青的年輕人，他們臉上一副疲憊相，大家爭先恐後地往市郊擠，唯恐新鮮的空氣被別人吸完；有些年輕人帶著齊全的登山設備，像是要在剩餘的草地過夜，嘗嘗前人露營的歡樂。電車愈接近水里市，車廂內的人群漸漸蠢動起來，不到一小時，金谷收拾行李，落後在人群中徐徐下車。

水里市名符其實是一個大都會，和五十年前一樣是遊客的交會點，不同的是不再遇到下山吃麵的山地人，也看不到山地人與平地人在地上做山產的交易。金谷直接搭上往東埔的電車，遇上一群去東埔洗溫泉的遊客，他面向窗外，不再縮回視線，他懷疑自己是否搭錯車，心裡暗自猜想，一路上到部落可能已經和城市一樣發達。電車有時穿越五公里的隧道，一切車外的景物顯然令金谷感到陌生，當他正試著尋找可證明自己沒有迷路的熟悉物時，服務生已走來催促金谷下車。

電車又開始發動，金谷不再想知道它的去路，現在他關切的是儘快找到曾相識的親朋好友，以及儘快看到老家。金谷睜大眼睛，臉上露出歡

笑，宛如遇見久未謀面的老友，部落依然存在，還有那顯著的白色教堂，只是十字架已換成飄揚的旗子，部落周圍蓋了許多新房子，家家擁有獨立庭院，門上都掛著五十年前此塊土地上不曾看過的鎖鏈，設計奇特並且顏色鮮豔，有些人在路上做黃昏的散步，每個男人都挺著貯藏啤酒的肚子，看來顯然是別墅區。這裡是他小時住過、玩過的地方，他邊走邊想，難道以前的玩伴都已發達起來？

「喂，你是誰？要去哪裡？」三位挺胸的小孩向金谷問話。他們臉頰紅潤，戴一副厚厚的眼鏡，好像眼鏡是他們的外衣，沒有一個裸著眼睛。

他被小孩叫住，告訴他們他就是部落的人，當他走進部落，突然有位身穿制服的人攔路。

「進去觀賞一定要買票。」

「我是部落的人，我的親戚朋友住裡面。」

「這部落沒人住了，這是東埔的舊址，現在已列入甲種古蹟，要進去就得買票。」

「那麼那些人怎麼住這裡呢?」

「他們是有錢人家不願在城市生活的人,只能聚集在部落附近,至於部落的人自己選擇新的環境,絕沒有遭受侵犯,如果要找到你的族人,必須有入山證明。」

當他明白自己的家園已變成遊客眼裡的古蹟,他低下頭,不敢再多看部落一眼,照著管理員所指的方向快速離去。

金谷走到柏油路末端,接著是崎嶇不平的泥土路,路邊豎起一張標示板,白色字體寫著新東埔二公里。此時剩下他一人走向新東埔,他縮小步伐,穩健小心,像走在田埂的農家少女,輕微搖搖擺擺,別墅區的吵雜聲由大而消失,他覺得耳裡有一陣粗且節奏緩和的嗡嗡聲,耳膜瞬時放鬆,像飽受壓力的肌肉突然解放的舒適。他好久沒再看過、走過泥土路,也不曾行兩公里遠的路程,漸漸興奮的心情壓抑住疲勞的怨言。他沿著一步寬的人行道,相信這是新東埔的路上,正當金谷放心地快速疾走,遠端突然出現一個模糊的身段,彷彿黃昏使那人得病似地,腳步毫無力氣地走向金谷。

「平安，你要去那裡，進去是新東埔，再進去就到森林了。」那人先出聲向金谷親切地問安。

「請問你帶這袋東西上哪裡？我要到新東埔。」金谷顯出不自然的臉色，看著那人手上提的東西。

「我要去舊東埔賣掉這袋四季果，今年夏天只能依賴四季果的收成，新東埔有你的親戚朋友嗎？」

金谷的脖子像圓輪緩緩轉動，視線移到那個人的臉上，突然害羞窘迫起來。

「可以說我是部落的人，但也可以說是客人，我從未來過新東埔。你認識烏茉芙·卡芙大日嗎？她是我的表妹。」

「當然認識，部落就是一個大家庭，雖然大家的長相不大相同，我們和睦相待，就像對待鏡子裡自己的面孔，大家不敢露出難看的顏色，我知道烏茉芙，你原來就是她的表哥，你一定也是從城市回來的。」

「是的，你怎麼知道我是城裡的人？」

「聽你的口音啊！最主要是看到你與我講話的神態，加上烏茉芙的孩子和親戚到城外好久沒回來，你是不是和烏瑪斯一樣落魄地回鄉。」

「烏瑪斯是誰？」

「他是你表妹烏茉芙的兒子，那天聽說他回部落，我就知道他必定是一身窮德性，他把離家前變賣的財產用光了，可憐的是又找不到適合的工作，回來沒多久，最近又跑回到城市？」

「你怎麼知道我必定和烏瑪斯有同樣的不幸。」

「我只是猜測罷了。有辦法在城市生活的人，寧可在方便的手續下變為平地人，絕對不會回部落，好像山上的生活沒有一點尊嚴，絲毫得不到喜樂，即使在城市裡卑微地生存下去，他們也不打算回到山上。」

「你猜錯了，我不是完全因為無法適應而被城市淘汰，倒是想念故鄉的心愈來愈強烈，走到山上來，我可以體會得到自然的自由氣氛，蜂窩樣的公寓生活確實令人窒息，我不想在喧鬧的最後一刻離開，我要一塊寧靜的土地，所以決心搬回來。」

此時夕陽蟬聲開始奏起，天色漸漸由藍變紅，遠處物體的輪廓也漸漸膨脹，金谷失神似地緊張起來，並拿起行李準備繼續走。

「我的名字叫馬尙，你呢？」

「我是金谷，我要走了。」

「烏茉芙的家是用紅磚瓦蓋的，部落裡最耀眼的房屋，你先回去與他們團聚，明天中午再來我家，我把賣四季果的錢去買一些酒和菜，一定要來喔。」

「一定會的，部落就順著這條小路嗎？」

「你看山後紅紅的雲層，像不像火堆裡的餘燼？它會指引你不致迷失，到達部落時應該還不會熄滅，再看看地上，長長的影子也會把你從小徑帶到部落。再走幾分鐘就到了，希望你還記得布農的一句話——『不守諾言的人將失去耳朵』。明天中午我等你，除非部落沒有我。」

他們匆匆地互送道別，各自走向忽亮忽暗的小徑。

金谷恐懼幽暗且不可預料的旅程，他無法換算馬尙所謂的再走幾分鐘的距離。他保持緘默，走入相思樹林的小徑。他發現山腳下的樹林逐漸變暗，隱隱約約可看到部落的屋瓦，夕陽蟬逐漸升高音調，他張大嘴巴，深深吸一口氣，好像將要釋放什麼。

他繼續往部落推進，走過看來是農田的山坡地，他們似乎缺欠人手，一眼就看到青草夾雜在快收成的稻禾裡。金黃色的穀穗覆蓋整個山坡。

草地在他腳下沙沙作響，漸漸地可感覺部落的氣味瀰漫整個空間，一切變得活潑舒暢，層層起伏的梯田令他興奮，他想坐下來欣賞久未見面的黃昏，可惜黑夜降臨得很快。現在他真正發現原來黃昏這麼美，在城市只看到太陽與燈火的替換，人們闔眼睡著時，黑夜才遲遲到來，此刻他只盼望回到部落。

黃昏悄悄結束，金谷踏進部落的巷子，又喜又懼，心亂如麻，他走進紅磚瓦的房子，看見幾個小孩在客廳玩電腦，他不想干擾他們的遊戲，逕自走到廚房，看到他似乎仍記得的影像，烏茉芙正在移動火堆裡的番薯。

「請問妳是烏茉芙嗎？」他因疲倦，喉嚨不通暢地叫道。

「對。你是誰？是金谷嗎？真的是金谷嗎？」烏茉芙在他臉上瀏覽一遍，才發現他臉上的大黑痣，他就是金谷。

「烏茉芙，很高興我終於回來了。」

他們互相擁抱，烏茉芙差點順勢被推倒。過不久金谷清清興奮的喉嚨說道：「妳的男人和小孩子呢？」

「我的男人早就回到土地，小孩都已長大了。」

「不要難過，妳的日子會感到孤單嗎？」

「我已過二十幾年的單身生活，沒有想過要再嫁，我不怕孤獨，因為它不是我的敵人。何況部落的老人和五十年前一樣，大家和諧相處。坐吧，你如何找到這部落的？」

「也許是冥冥中的神安排吧！」金谷依舊保留年輕時的信念，他寧願有未知的力量來主宰他的生命，而不願由別人來安排他的一生。

金谷先安置所帶的東西，和小孩們招呼互相認識，之後跟烏茉芙到庭院閒聊，互相了解這幾年來的生活。

「你會再回城市嗎？」

「我先回來看看，然後就搬來定居，我不想永遠住城市，來到山上之後，我突然醒悟，城市就像個大監獄，大家都在鐵門窗裡生活。況且農務局不會讓我再回去。」

「九歲時你就離開舊東埔，今天總算回來了，城市有什麼東西把你絆住了嗎？」

「既然已經回來，不要再提過去好嗎？」

「金谷你眞的老了，讓你走了又長又遠的路，累了吧！那麼大略說說看，好讓孩子也聽聽吧！」

「城市容易令人嚮往，尤其是不曾住過城市的人，和充滿理想抱負的年輕人，只有城市可滿足他們的野心。那時我害怕山上的懶散，它會使我看不見年輕，不知別人怎麼想，但我不想過著平凡的日子，這樣的藉口好像比較直接明瞭。」

「那麼當初你遠離家鄉，放棄你祖父給你留下的土地，甚至擦掉祖先給你的記號，是爲了幸福快樂嗎？」

烏茉芙的言詞變得鋒利，像法官質詢要求悔過的犯人。

「可以說是爲了追逐幸福安樂的生活，我認爲有財富才有幸福才可以穩住家族的命脈。但自從我兩個兒子往國外發展自己的事業，僅用錢來

問候他們的父親，唉！我眞不想否定自己的過去，但對於有金錢才有幸福快樂，我已不再相信這種說法，幸福可以用其他方法得到，我正在努力追尋。」

「照你這樣說，你已厭煩城市的生活，而不是家鄉吸引你回來？」

「我和你們一樣承受勞苦，差別只是我們可用許多方法來隱藏，好讓自己認爲生活充實又愉快。像宗教家永遠認爲自己做的事都合乎道德。爲了鋪更暖的床墊，爲了使餐桌顯得不寒酸，就得要加班犧牲假日。」

「你的意思是家鄉一點也沒有吸引力？」

「當然有的，在電視上妳可以看到，草地樹木在平地幾乎已絕跡，有些只能到博物館看它們乾枯的驅體。黃昏時沒有蟬聲，夜晚沒有冷風，早晨不再出現露水，這種好似離開原始地球的生活，對即將回到泥土的人來說，眞的會擔心無法回到故鄉，這也是我回來的原因。」金谷低下頭，後悔不應說那麼多話，好像觸到使他抬不起頭的弱點。

「這些年來在這地方我發現許多人吸收錯誤的思想和做法。他們和那時的你一樣，正當年輕力壯，但都失去反省的能力，把父母的教導當耳邊風，譬如因爲受生意人的敲詐、欺騙，反而使他們覺得自己變聰敏了，可以適應這個互相欺瞞的世界，於是更多的人都下山與城市人競爭，而我這種愚笨的人，只有山上才能容得下我。」

「留在山上的未必是愚笨，只是他們的純樸不能適用於城市，如同一個城市人絕對不能久居部落，他會厭煩你們的單調與幼稚，現在許多有錢的人也開始學聰明人住到山上來，學像部落寧可落後來取得寧靜。」金谷想了一會兒，又繼續開口。

「有時候我也喜歡一個人關在門窗緊閉的房間，我發現寧靜才有快樂，就好像安睡才有甜美的夢，在吵雜擁擠的人群中，找不到眞實的朋友。日夜混在人群中的人，更不容易找到痛苦的解答，因爲頭腦與情感慢慢遲鈍淡薄。」

金谷看來昏瞶懶散，眼睛露出疲倦的神情，仍然凝視烏茉芙的臉。

「我們那些親戚還在部落嗎？」

「我也不知道他們走到哪裡去了？也許跟你一樣吧。那時你們歸化平地籍是爲了什麼？」

「那時我認爲本身擁有一些才能，必須要在另一個環境才能顯露，所以必須離開家鄉，這樣才可以進步。我想發揮自己僅有的能力貢獻給其他人，我曾經因爲我的才華夢想成爲拿筆的人，沒想到把青春埋在電腦公司。」

「你們的進步給我們帶來什麼？只讓我們的部落遷來移去！」

「部落的遷移是爲了什麼？我不知道。我想可能是爲了提升生活水準，至於我沒有直接給你們什麼成長，但今天部落裡的水電設備、舒服的床，都是求進步的人所貢獻的，不是嗎？」

「對了，你父母還在嗎？算算應該九十多歲了吧！他們隨你遷入平地，快樂嗎？」

「他們走了。我不敢說他們生前有多大的滿足，至少不曾盤算回到山上。」

「那也許是他們不敢認錯，怕被部落的人知道他們無法適應城市。不過你還不錯，還會回來，一定有什麼東西催你回來。」

「你懷疑我父母的堅定是虛僞的？我也懷疑妳留在山上是否眞由內

心出發，也許是不敢面對現實社會，逃避心理作祟，妳教育的孩子不也離開山上嗎？」金谷馬上回答，不讓烏茉芙有說話的機會。

「至於什麼引誘我回山上，絕對不是懶，更不是回來懺悔。退休以後，我常踏回童年時的夢境，把自己幻想成天眞的孩童，我常陶醉在夢裡追尋自己的影子，雖然河裡不再有往上游的魚，偶而可看到亮出雪白肚皮的魚，但看來都已無法翻身，景物也變得荒涼殘敗，不過我確信重逢是快樂的。」

「你也不要懷疑我，我們都老了，追求快樂的日子爲時不多，但我絕不後悔，也不會離開這裡。我堅守像小孩眼珠一樣潔淨的生活，複雜只會帶來煩惱，如同繁雜的法律，製造更多的犯人。」他們依然像童年時喜歡吵嘴。

「那妳永遠不會有進步的日子，而且舉的例子太離譜，難怪部落差城市好幾倍。」金谷聳聳肩表示他的無奈，他不想一見面就鬧得不愉快，因此停止他們的話題。

他們不再出聲，金谷想安靜一下，打發烏茉芙回去睡覺。自己就到

花園欣賞已經高掛天空的月亮，一切與五十年前一樣，星星沒有缺少，依舊陪伴明月，他開始愛上這寬廣的天際，傾聽、冥想、注視著天空。想起城市的夜晚，天上的景物被四周燈火蒙蔽：白天的人、事、物一天比一天複雜，金谷盼望此刻時間突然停止多好。

月亮緩緩移動，蟲鳴聲漸漸消失，金谷突然無法適應大地的寧靜，好像人失去了聲息，令他感到恐怖，山裡的氣候慢慢轉涼，正好十一點，部落的人都早已進入夢鄉，金谷更懼怕長夜裡的虛空，對赤裸裸的大地毫無安全感，開始懷疑自己是否已經不屬於山裡的人。今天所看到的景物重現他腦海裡，老家已成爲收門票的古蹟，曾經是清澈見底的河水，五十年之後是別墅區的水溝，在這裡幾乎看不到童年的影子。他想到在國外的兒子，他們爲什麼不想回家？難道不喜歡這個土地？還是異域的生活更美更豐盛，他們應該引我出境，如同我帶他們的祖父母到城市生活一樣。他開始害怕未來的日子，他害怕別人好奇的眼神，把他視爲遭受憂患而鑽回山上的浪子，投予憐憫的眼光，談及讓金谷反感的話題。他摸摸冷冷的耳朵，好像又聽見馬尙的咒語，還有農牧局的規定，這一切使金谷陷入惱人的遭遇。

金谷縮回盤坐的兩腿，揉揉屁股上發麻的壓跡，得病似地搖晃走回去，他不小心撞上一棵樹枝，搖醒一隻安睡的夕陽蟬，牠放一泡尿水，一聲幽怨的叫聲劃空而去，金谷感到難過，心情極端低落地想，眞可憐，黃昏時，牠幾乎耗盡生命，找到令牠感到安全的樹梢，以爲今晚也許可以安穩地蛻變，卻被我的無心破壞，牠是否能以剩餘的力量找到安全的地方？也許掉入泥沼，掉落水中，而不能在開始牠生命的園地裡結束一生。

金谷等了一會兒，再也不見夕陽蟬回到樹梢。

懺悔之死

玉山群峰的影子被山谷溪水沖散了，黑影由山谷消失，水面漸漸明亮，溪畔長滿了蘆葦草，葉子一片片抬起頭來，待哺太陽灑落豐盛的營養，一股猛烈山風湧進山口，冷熱瞬間變化，形成溫和氣流，引著成熟蘆葦花絮，四處飄遊，去尋找可生長的空地，它們飄來盪去，久久不能著地。

東面山坡的楓樹林也一葉葉散發繽紛的色彩，互輝照映在山谷裡。

東埔部落的旅館及三座布農石板屋逐漸出現眼前。石板瓦上三支顯出凸凸的東西，兩支飄著灰煙，夾雜小米飯香味。座落斜坡旁的一家煙囪上空，乾乾淨淨，沒有一點煙灰塵粒，那一家可能因勤奮工作而忘了回家煮飯。那是達魯曼的家，屋頂一半由石板蓋成，切半的麻竹互疊成波浪狀組合另一半屋頂，牆腳四周堆滿小腿般高的石塊，外牆以白鐵皮層層包住，並且用數以千計的釘子釘牢在四支柏木柱上，阻擋冬天討厭的寒風，野鼠、小蟲更無法進入達魯曼的家。

樟木做的門板微微開啓，傳出陣陣含有酒味的談話聲。

利巴、達魯曼及巴路幹盤坐地上，圍著竹片編織成的餐桌。牆邊燒了一堆相思樹木炭，以對抗屋裡的濕氣。

一隻黑毛獵狗站在達魯曼腳邊，靜靜等待食物殘渣。牠受騙了，桌上只擺一甕自釀的「搭目耳」（註1），一大碗利巴最愛吃的賤價肥豬肉，一鍋子的炒番茄。

他們喝得興高采烈，沒人去理會達魯曼的獵狗。

「喝唷！把肚子喝脹，圓肥的肚子不是有錢人獨有，我們今天也有。」利巴大聲叫道。

利巴終於開口了，眞難得，大家對利巴的印象是張開嘴巴時只顧吞酒而不出聲的酒鬼。

「你的土地種些什麼？我還是種番茄。」巴路幹開口問達魯曼。

「我也是，早先計劃種甘籃菜，但五個月前那個水土仔帶錢跟我打合約，他再三保證價錢很好，收成後一定再給我錢。」

註1.搭目耳：粟酒。

「水土仔，怎麼你還跟他來往呢？他在新東埔不知騙了多少人呢？大家都說他是沒有心肝的人，專門吸別人心臟裡的血。」利巴也回答他們。

「哼！收穫時，他說今年城市的番茄價錢不好，城市人不吃番茄了，不但錢泡湯了，還向我伸手討肥料跟農藥錢。」

「新東埔的番茄也銷不出去。」

「都是一樣，他們不知不覺地吸走布農多少血汗，哪天被我撞見，一定摘下他們的頭顱當酒杯喝酒。」

巴路幹、達魯曼嚇著了，目瞪口呆互相對看，利巴怎麼說出這幾句話，沒有開玩笑的口氣，臉皮繃緊狀似恐怖面具。喝過酒後的利巴一向很關心他人，愈醉愈仁慈，今天他有點反常。

「喝啦！不要再想番茄，反正我們的土地絕對不會消失，明年再種其它的蔬菜或玉米。」巴路幹舉杯說道。

「土地不會消失？」達魯曼反問。故意把「消失」拉長。

「是眞的不會消失啊！我們有政府的保留地政策，讓我們永遠與土地相依為命。」

「巴路幹，你錯了。」達魯曼紅著臉斥責巴路幹。

「怎麼說？」

「以前大家不都是住東埔嗎？現在呢？剩下伊畢、笛安跟我三家。」

「要怪誰？我們的老人被平地人說幾句就搬家到新東埔。」

「好！那你的保留地政策哪裡去了？」

「你們爭吵什麼？」利巴出面調開他們。

「巴路幹說布農遠離東埔部落應該責怪你們老一輩的人。」達魯曼眼瞪巴路幹。

「達魯曼呀！你，比百步蛇更毒。」巴路幹還以顏色。

「不要吵了。最早布農在森林被日人發現，日人把東埔這片地整理好，強迫布農來住，不知他們到底有什麼目的，不過布農最後還是喜歡上東埔這塊地。有天日本人被趕走，黃膚色的漢人不知看上東埔的什麼？紛紛用錢買下布農的房子與土地。」

泥土。」

「對嘛！什麼政府？什麼鬼保留地政策？根本保不住我們現在站的

慢了。他們會緊抓東埔那些地不放，你們必要好好看住新東埔，再退進森林已經是玉山了，那塊地早被一座銅像占去了。記住！一定要靠自己，靠自己。」

「說實在話，老人們要負些責任，有時想要把土地拿回來，但已太

「好了！換個話題，來乾杯。」巴路幹舉杯喝下一碗。

他們一碗接一碗地吞下酒，誰也不敢多說幾句話，免得少喝了幾碗。

不久，他們講話的頻率與速度逐漸升高，未再出現令人傷感的話題，達魯曼突然站起來，抓起酒甕，將甕底朝向屋頂，臉孔帶著羞澀的顏色，往利巴與巴路幹飄送很無奈的眼色。

「利巴，對不起，酒喝完了，沒有錢在我身上，房裡角落前天也巡過兩次，沒有一點發現。今天還沒結束，應該可以再喝，半打米酒就好，喝到兩腳不知道自己站在東埔，哈……」巴路幹抱住肚子大笑。

「算了，找不到酒就結束了吧！不要感到愧疚，事實上我們也沒錢，水電費還催得我差點喘不過氣來，五天前我開始點油燈哩！眞好笑。」利巴笑了一會，繼續說道：「巴路幹還得回去幫他的女人煮飯，走吧！」

「達魯曼，不要露出可憐的樣子嘛！我們都那麼壯，還怕賺不到錢嗎？等誰有了錢再來聚會，有搭目耳更好。」巴路幹也站起來安慰達魯曼。

「巴路幹，爲什麼對你的女人那麼體貼？」達魯曼斜眼對著巴路幹問道。

「醉了，你醉了，剛剛不是已經告訴你們了嗎？我女兒昨晚發冷汗，身體發燒整整一夜，我的女人就在女兒身邊照顧著。我來東埔部落本來是要借錢，沒有一位商店老闆肯借我，心裡正感到難過時，恰巧遇上你們和搭目耳。想不到運氣那麼好。錢的事明天再想辦法。」

巴路幹說完後，順手夾起最後一塊豬肉丟進口裡。

「走吧！不要讓你的拉露斯心裡焦急，回到家後就把小孩蓋厚棉

被，讓她多喝開水就會好，雷哈寧（註2）會保佑她。」

利巴邊擦嘴唇邊說話，伸手向著巴路幹。

利巴拉住巴路幹的右手，像一個寬仁的父親，柔和地將巴路幹拉出門外。

他們在庭院互相辭別後，利巴與巴路幹搭肩摟腰一拐一拐地走回去。

利巴是個肢體強健的男人，下顎微向前凸，手臂不順著年老就萎縮的自然律，仍然與左小腿一般粗，和山豬腿一樣強韌，他的手臂常用來扛番茄。頭髮濃密，蓋住前額上四條深刻的皺紋，有些眉毛已染成金白色，依然陪伴已失去精神的大眼睛，臉板上具有可使布農少女魂魄形銷的鼻子，也許是它，造成利巴自大的心理，如果注意瞧瞧他發出笑聲的嘴，每個人都會搖頭嘆氣，他只剩十六顆黑褐色的牙齒，沒有人能夠準確地猜中他的年齡，大家都笑他擁有七、八十年歷史的牙床。

今年秋天利巴剛過第六十七個生日，今天的搭目耳更加增他的年紀。好在巴路幹有一副堅硬的骨幹，一路上成爲利巴的拐杖，他們走到東

註2.雷哈寧：天神，屬善神。

埔中央大道來。

這天正值十二月第二個禮拜五，氣溫低得可保存新鮮的魚肉，這時候旅店的電冰箱都拔掉電源，即使已放置三天久的魚肉，仍瞞得過患鼻塞的遊客。

停車場上停靠十幾輛汽車，大車、小車雜亂地堆在一起，遊客比假日來的少。

他們走了約三十步的路程，利巴感覺到酒精在皮膚表面作祟，發散出難熬的熱氣，他脫下城市文明人正流行的破洞大衣，口裡講了一堆含糊不清的話，要巴路幹好好保管。利巴開始解開衣服鈕扣，露出一件顏色暗淡的毛衣，加上毛衣內的衣服有一面手掌厚，遠遠看來讓人覺得利巴是營養足夠的老人。

他們兩人哼著五音不全的勇士出草歌。偶而頌讚自己充實的人生，嘲諷軟弱無能的人，歌曲不斷地重覆，填上自編的歌詞。他們愈唱愈大聲，把趴在路邊曬太陽的野狗嚇跑。

一隻癩蝦蟆斯斯文文地跳來路中央，巴路幹看到牠凹凸不平的皮膚

感到噁心，走近癩蝦蟆，抬起右腳，準備踢死它。

癩蝦蟆動也不動地瞪大雙眼看巴路幹。

「不，不，不能傷害它，你看它跟你一樣是大嘴巴，它大得足夠呼風喚雨，雷風會擋住我們回家的路。」利巴叫住巴路幹。並揮手趕癩蝦蟆走，叫它躲進安全清靜的草叢裡。

「哦！牠是你的朋友，那我不會殺死它。」

巴路幹莫名其妙地轉身走回來。他們繼續往前走。

走到一家雜貨店門口前，利巴突然像隻獵狗，頭轉向雜貨店，閉嘴、兩眼瞪著擺放酒類的櫃子，嘴唇一波一波地抖動，唾液加速分泌，牽動食道入口，吞下一團唾液之後，小聲地對巴路幹說：「有酒在那櫃子上。」

店鋪老闆背對他們整理貨物，像隻笨牛缺乏靈敏神經，毫無察覺到利巴與巴路幹的拉扯聲。

巴路幹抵不過利巴強力的掙扎，又不敢對年長的利巴失敬，眼看利巴走近櫃子前。

店鋪老闆依舊低頭做事。

「利巴！你有帶錢嗎？」

巴路幹深怕利巴伸手帶走米酒，因此拉高聲帶喚醒老闆的注意。

他腦海有一深刻記憶：一位平地老人採了別人的番石榴，正巧被主人逮住，不到半分鐘的辯解，主人當場就把老人的手指砍斷。

巴路幹短捷宏亮的叫聲嚇得老闆鬆開雙手，兩包鹽巴掉落地上。

「幹你娘，卡小聲一點好不好，生番仔。」

老闆以閩南語辱罵他們，以平衡受驚嚇的靈魂。

五、六秒無聲狀態後，老闆吸入一大口空氣，心跳漸漸穩定下來。他大聲地喊：

「喂！你要買什麼東西？」

利巴垂下頭，喉嚨哽住，兩頰潮紅，不敢直視對方，但瞳仁的方向仍停留在那紅色的酒瓶。

「老闆，可以不可以先欠一下？我拿番茄跟你交換。」

「酒是我用錢買來的，不是用東西換來的，番茄的價錢低賤，沒錢

免談。」

「下次賣番茄時再拿給你，下期的番茄一定會賣得好價錢。」

「走，走，走，趕快滾開，沒錢還有臉買東西，我做現金交易的買賣，不會賒賬給你的，老酒鬼快點滾，不要擋住店門，你會糟蹋我的生意。」

老闆連說帶推把利巴推出店鋪。

利巴感到一股複雜的情緒衝向胸前，憤怒又感到羞恥。想想部落沒人膽敢這般無禮，沒有人能推開他。

利巴横眉怒目地站在店鋪外，狠狠盯住老闆，好像沒喝過酒似，穩穩站著不動，兩手不斷磨拳。

巴路幹不吭不響地站在一旁，流動著一觸即發的緊張氣氛。

老闆趕狗似地揮手趕他們走，口裡不再發出辱駡的吼聲。

巴路幹及時剎住胸中燃燒的怒火，兩手抱住利巴迅速離開。

近年來好像曾發生地層大變動，中央大道旁的水泥屋被擠得寬窄不一，它們高低參差不齊，大門朝向中央大道。有幾家門上掛著豪華型招牌的旅館，房內設有套房，除了一張床，再加上一間盥洗室，在東埔這樣的設備可稱得上豪華別館哩！

中央大道兩旁到處是餐廳，廣告牌上都掛有「XXX名廚」五個大字，其實他們都只是半路出師的廚師，他們端菜給客人時，不知會不會因害臊弄翻碗盤？東埔的布農沒有機會證明他們內心的疑問。

巴路幹盡力平靜利巴的心情，一路上不敢開口說話。

他們走過一家專賣山產的商店，利巴突然大聲喊叫：「東埔名產！？」

店主理直氣壯地回答：「對啊！東埔名產，你買得起嗎？」

利巴聽到店主肯定的答案，覺得可笑極了，連笑了幾聲。大家心裡明白，有些產品不是東埔這塊土地生產的，而叫賣聲未因良心而加以修飾，城市人一向神經過於敏感，應該看出布農不同意商人的謊言，反而點頭稱「讚」。

利巴愈想愈可笑，嘴巴久久合不攏。

他們走到飯館密集的地方來，各個飯館都坐有旅客，他們桌上擺置

各式招牌飯菜。遊客們已對桌上食物缺乏興趣，頭都轉向中央大道來，兩眼跟著利巴他們左右搖擺移動。

利巴發現這些人睜大眼看著自己，於是向前跨一大步，面向遊客招手，並把頭傾向右側三十度，附送一個微笑。

遊客們面無表情，直瞪著利巴。

利巴被這些客人的眼神愣住了，他懷疑自己的問安姿勢是否不夠迷人。

利巴抬頭仔細察看，發覺他們的目光不很友善，他挺起胸膛，對著遊客大喊大叫，叫他們把令人不悅的頭縮進去。

遊客們不理會他，依然目不轉睛地看他，還互相比手畫腳，不時夾帶陣陣笑聲。

利巴見到遊客們不聽從他，並且以扭曲的臉笑他。布農最忌諱裝扮鬼臉及五指伸展對著人，利巴感覺到男女老少都做出類似的動作指著他。

不久，遊客們一個個交頭接耳，像是偷偷地臭罵他，傳來的眼神更刺人，利巴懷疑這些人即將出其不意一起攻上來。

於是他像就要遭到走獸侵襲，閃電般快地拔出他習慣掛在腰間的彎刀。他有股衝動，將遊客衝散，立刻從他眼底消失。

他愈氣愈感到頭昏腦脹，步伐起伏不定，如一隻誤闖集會所的老鼠，腳步快而慌亂，頭頸縮得更短，擺低胸膛，跑到東側一排飯店前。站穩之後，比畫著彎刀，大聲吼叫，企圖止住遊客們咬人似的眼睛及陰險的笑容。

女人與小孩一陣尖叫，深怕瘋人似的利巴殺進來，他們心裡相信布農是野蠻不開化的民族，這一幕更加深他們原有的恐懼。

男遊客有的伸出臂膀圍住自己的家人，像大母雞護衛小雞展開翅膀，絲毫不懼怕。

看熱鬧的習性不因海拔高而改變，西側一排的遊客都站起來，伸長頸子，期待望見意外事件的全貌。

沒有人敢走到中央大道來。

利巴看到遊客嚇得抱成一團，差點裂口大笑，他又轉向西側的飯館，同樣的情形也發生在這些遊客。利巴警告他們不許往外看，叫他們繼

續用飯。

利巴收回彎刀，心裡獲得一陣欣快感，臉上露出迷人的笑容。

巴路幹被利巴的一舉一動嚇呆了，不知所措地站在一邊，他看到彎刀收回利巴腰上的刀鞘。跑到利巴前，催他趕快離開。

怒氣仍在利巴心中沸騰，使得他昏頭轉向，失去了下一步的方向，他口裡不斷唸著：「你們只是多幾張鈔票而已，沒什麼了不起，如果我有一堆鈔票……」

巴路幹左手擋住利巴的嘴，拖著他儘快走向林間小徑。

他們躲過了令人討厭的嘴臉。

利巴發現自己已走進漆黑模糊的小徑，減低速度，慢慢地前進。走近一座日本殖民時代留下的木板吊橋，高約一百多公尺，橋下的溪水看似一條白蛇。橋邊掛著警戒用的空鐵罐子，叮叮噹噹地響。

巴路幹曉得有人正在過橋，趁機走進山草叢裡，紓解膨脹的膀胱。

利巴走到橋頭，兩手扶著橋柱，看到橋上有三個人探頭望溪谷，於是停下來，準備讓他們先過橋。

利巴的眼睛突然被小女孩吸引住。

小女孩的右手緊拉婦人的衣裙，好像催促家人下去橋下玩水。

利巴被眼前的景象帶入回憶裡，他想到延遲就醫而離開的外孫女。那天她由羅娜部落來新東埔探望他，不幸在路上被開往東埔的遊覽車撞倒，當時只是擦破了頭皮，腫了一塊，並磨破膝蓋的一層皮，第二天卻不省人事，當天晚上就離開了部落。如果不是因湊不足錢而延誤治療，現在應是五、六歲的小毛丫頭了。他會種好多的番茄，讓她穿得比眼前這孩子更豔麗，腳步踩得比她更大且更高……

「爸媽你們看這條橋好高唷！那條小水溝一定有魚，我們下去捉魚好嗎？」

頻率高且速度急迫的聲音掠過利巴耳前，兩眼布滿酸溜溜的淚水。想到已離開布農的外孫女就妒嫉眼前堅定的聲音，想起其它同年齡的布農兒童，自小就失去信心般，不敢顯露出與大自然爲伍的光榮。或許布農就永遠帶著卑賤的面具，永不能翻身。

利巴的腦海突然出現一幕景象，橋上這三人身穿破爛的衣服，男的滿身酒氣，女的無精打采牽著小女孩營養不良的手，而利巴他自己是西裝畢挺的有錢人，全身貼著紅紅綠綠的紙鈔，準備施捨一點給他們。當走到他們面前，利巴將鈔票丟向天空，而他們伸長頸子，踮高腳尖，等候冉冉落下的紙鈔。他感到強大且喜悅。

巴路幹繞過松樹走出來，手還在扣褲子的鈕扣，走到橋頭來，拉著利巴開始過橋。

他們小心地過橋。利巴心中的矛盾仍持續交戰著，他突然轉身小聲地與巴路幹說幾句話。

就在與遊客相遇時，狹窄的橋面使他們難於前進，利巴跨一大步走在前頭。

利巴不聲不響地與女遊客及小孩擦身而過，即將越過男遊客的視野時，利巴伸出右手，勾住那人的脖子，就像獵狗緊緊咬住野獸的頸子。

男遊客本能地欲逃離利巴的手臂，他估計錯了，滿是老人斑的手臂就如鐵鉗一般，他無法動彈。

巴路幹伸開兩腿阻擋女遊客的去路。

利巴用力咳三聲，然後開口向男遊客索取身上的鈔票。

男遊客再次扭動身體，差點摔落昂貴的卡儂相機，看到自己的小女孩害怕地躲在母親的懷抱。他終於放棄了逃脫的念頭。

女遊客發現到利巴腰間搖晃的彎刀，深怕刀子出鞘，她的眼睛趕緊避開那把刀，以免提醒他的注意。

她放鬆弄痛小孩的手腕，以身體靠緊保護。且勸她丈夫把錢掏給他們，保住生命要緊。

男遊客屈服於他太太惶恐的眼神，拿出皮夾子，送往利巴的左手。

利巴將紙錢抽出，皮夾子還給他。

男遊客收下皮夾子，看到結婚紀念金項鍊及一張值十萬元支票還在裡面，他偷偷地鬆了一口氣，暗笑這「憨番仔」看不懂支票及金項鍊。他緊張的手指鬆軟下來。

「你住在哪裡？」

「你的家住在哪裡？」利巴重覆一次，這次他慢慢地且注意嘴形，以免男遊客聽不懂。

「台中。」

「坐遊覽巴士上來的嗎？」

「我們自己開車。」

「你是做什麼工作？你這種臉好像見過。」

「我常來山地收購蔬菜水果，你們山地人用的錢就是經過我的手，如果我不來你們山地，你們的青果蔬菜就換不到錢，我去過新東埔，你說的臉可能就是我的。」他提高聲調說道。他想讓利巴知道他與布農的生活相關，以為這句話可以得到「卡飛阿日」（註3）般的看待，輕咳了兩聲。

利巴對男遊客的傲慢態度難以忍受，尤其他狡詐的嘴臉，利巴趕緊收回拿著鈔票的手，放進口袋。他原來要留下六百元做為他們的油費與餐費，聽到他一番話後，更加厭惡。

利巴又用力勒緊他的脖子，以膝蓋骨狠狠地頂一下。

男遊客被踢出利巴的手臂之後，轉身衝向利巴，要趁利巴不注意時，把他抓住。

註3.卡飛阿日：意同氏族的人，一般譯成「朋友」。

利巴早已看出男遊客的企圖，趕緊後退三步，抽出彎刀。男遊客沒注意到利巴的彎刀，手掌向利巴臉上抓來，正好被彎刀擋住，噴出暗紅色的血水。

女遊客與小女孩嚇哭了。

微溫的血液噴到利巴的手臂上及衣服上。他跳到蹲著的男遊客前厲聲喊道：「不要亂來，這一刀你自己弄的，你看看，你的心一定很黑，血都是黑色。」

「喂！不要再耍詐，你要搞清楚，這裡是山上。」巴路幹也生氣地說道，並故意使橋搖擺著。

小女孩及她母親被搖晃的橋嚇壞了，她們趕緊趴在橋上。

小女孩哇哇地說著「番仔，死番仔。」她母親趕快掩住她的嘴。

男遊客按住傷口，眼看利巴的彎刀染上自己的血，當利巴走近他時，他跪下來了。

「拜託！拜託！不要殺我們，我們不會再抵抗，也不會報警，只要保證不會傷害我們。」

利巴看到男遊客失魂的面容眞想給予鼓掌歡呼，今天才發現，不只是依靠番茄生存的人會彎腰，穿西裝的也有低頭的時候，更好笑的是還要利巴「保證」。

利巴收回彎刀，催趕他們快快離開東埔。

下午，利巴跟巴路幹又提酒繼續喝。

他們喝到手腳不聽使喚，幾乎已感覺不出腳底踏誰的土地，僅眼珠仍認得出回家的路。他們走到一條叉路來，利巴叫住巴路幹，將喝酒剩餘的錢分文不留全部給他，叮嚀他明日送小孩看病，大聲斥喝巴路幹，錢是利巴的，他與錢沒有沾到一點關係，只有利巴才能決定它的用途。

利巴從巴路幹手中搶走一瓶未開啓的米酒，揮手趕他快回家。他自己像隻受傷的獵狗，跌跌撞撞地走回家。

夜闌人靜，貓頭鷹都起來了，在部落附近叢林間尋找食物，「多姑、姑……」，叫著招尋伴侶。草叢裡的世界也正在熱鬧中。

利巴含著睡意醒過來，脊椎一陣痠痛，他明白不是老骨頭引起的僵痛，右手往背上一探，他原來睡在濕涼的地上，而且沙粒黏在赤裸的上身。

他站起身來，拍掉黏在背上的泥土，走到蓄水池旁，撈一瓢水呑進嘴裡，咬一咬，洗掉難聞的酒氣，再撈兩瓢水，肚子自然脹得很大，今晚他沒吃晚餐，胃腸稍覺得悶悶痛，嘴巴不想再塞東西，於是鑽進棉被，繼續享用清靜沒有月亮的夜晚。

躺下不久，利巴頻頻翻身，木床同時發出尖銳的聲音，干擾了夜的寧靜，同時讓原本一片空白的腦海受到激盪，有異樣的感覺，像中央大道旁所賣的豆腐，潔白整齊，有點酸味。或許是酒精在血管內作怪，皮膚就要膨脹，頭疼得不好受，利巴無法闔上眼瞼安心睡覺。

一隻老鼠碰倒一個鐵罐子，在地上旋轉，發出清脆、嫋嫋不絕的響聲，使得利巴的耳板充滿血色，耳內轟隆轟隆地響。他彎曲身體嚇著了，聽似橋上警戒用鐵罐子傳來的碰撞聲，陣陣湧向他的心上，像河水的波浪沒有消減的跡象。

鐵罐子又被撞進床底，回音在床下互相衝撞發出震音，接連不斷，更造成他無法入眠。

利巴閉緊兩眼，努力期待聲音即刻消失，或加入其它不同的聲音。他的努力都枉費了，橋影漸漸在眼底出現，可以看得很清楚，一大一小的人影正直立橋上。

逐漸聽到小孩哭泣聲。大人彎著腰安撫小孩，看來被人欺負了。有一影子腳步輕盈且步幅小，突然朝著利巴衝來，利巴仔細看，頭髮豎直、頸子收縮、明顯凹凸不平的髖骨，撐開兩嘴角，嘴巴張得好大好大，傳出老女人樣的尖叫聲。要利巴承認他們母女是他害的，立刻接受制裁，以安慰他們受辱的心靈。兩眼凸起直視天際，彷彿呼喚「哈尼肚」（註4），臉孔僵直，黃頭皮往下逐漸變色，換成冷冷的灰藍色，降到那人的上嘴唇，利巴聽到哈尼肚逼近的腳步聲，就要站在眼前審問他。

仔細觀察，他不是哈尼肚，原來他是橋上的男遊客。

利巴放膽地注視那人的眼珠，一閃一閃變得更大更雪亮。原來他不是人，是男遊客的鬼魂，利巴無法再隱瞞，就要招供今日所做的一切。但他強烈地相信自己沒有罪，而是幫助朋友解決困境的好人。他努力掙扎。

終於逃出鬼魂的眼眶。

註4.哈尼肚：天神，屬惡神。

利巴雙手無力，拉棉被的動作無法完成，於是縮曲脊柱，躲進棉被裡。

他放慢呼吸頻率，減少氧耗量。

他又發現棉被漸漸膨脹，棉絮絲間的距離逐漸加大，形成疏鬆的網狀大棉被，鬼魂的臉瞬間破裂成碎片，一片片進入棉被裡，聚集在他胸前，緊密壓迫利巴的心。

一聲慘痛淒涼的尖叫，棉被攪得亂成一團。黑影隨即消失了。

過了一陣子，利巴慢慢發現自己好好地躺在棉被裡，流了一身冷汗，胸口稍稍微微作痛。

他調整自己的睡姿，讓自己被棉被緊密包住。

過了公牛一次小便長的時間，利巴才稍感心安。突然想到今天早上的事，要離開家門時，正巧打噴涕，因而返家，不敢離開家門，但愈想愈不對勁，打噴涕怎麼會帶來邪惡的詛咒。剛才的鬼魂是不是打噴涕的詛咒，眞荒唐。

想到布農的禁忌，他聯想到喜歡講故事的祖父。

務農經商的外族與狩獵爲生的布農勇士有項約定，定期在集集鎮進行交易。有一天，一位布農獵人背一隻花鹿到市集。是時日正當中，外族意外地看見他背囊裡露出兩隻鹿腳，閃亮的鹿毛誘發他們的野心，他們動用滑滑的舌頭，以火柴、鹽巴做爲交換物。獵人是連吸氣就有煙臭味的煙鬼。他打開火柴，發現盒子裝滿了枯葉，眼看自己捨不得吃的鹿肉，換來的卻是一場侮辱，就像是剝削他的臉皮。他毫不遲疑地拔出彎刀，在其中一人身上畫了幾刀，嚇得其他人往四處逃開。他把鹿肉再背回部落。

那件事發生以後，他不再去充滿虛假的市集，他開始拋棄祖先自然生存的觀念，常對族人們說：「爲了生存也該有不擇手段的時候，我們不能再往深不可知的森林推進，布農要像巨樹一樣屹立不搖，只要爲了生存，即使用了令人作嘔的手段，但只限於非常自大的外族。」

不擇手段的聲音，像山泉不斷地滴落在利巴的耳膜，在他的心裡累積成強大的勇氣，愈來愈強過哈尼肚的責備。

利巴推開棉被，下床摸黑找水喝，以紓解乾得發疼的喉嚨。

星星不知發生了什麼事，月亮因沒有星星的護衛，也沒出現。屋內屋外一片漆黑，無法辨認門窗的方位，摸到木床角邊後，才能猜測大門的位置，利巴唯恐有人找上門來，走到門前，用椅子擋住門，並關緊窗子，也不點燈，省下一夜的燈油。他又匆匆躲進棉被！棉被不能夠通風，利巴吐了十幾口空氣，被窩裡瀰漫著酒精酸臭味。

利巴無法再忍受，踢開被子，匆匆忙忙吞下一大口空氣。

呼吸動作漸漸緩和下來，他討厭剛才的氣味，那是搭目耳混合胃酸味，他開始怪罪搭目耳的魔力，懷疑酒裡參雜使人亂性的咒詛。該死的酒精！鬆弛他的手腳，支配他的腦與心，使他的眼睛看什麼都不順眼，控制不了自己的軀體，造成他的心不能安定。

利巴按住兩側的太陽穴，沿著顱骨撫摸六十七年後仍然黑亮、堅韌的毛髮，他常對剛生出恥毛的年輕人說，要常修剪毛髮，它們才會長又嫩又美的新毛，像新芽一般。

兩手繼續順髮紋滑下，碰到捲曲的鬢毛。也許是酒精的作用，壓起來軟綿綿，沒有因利巴的顫慄而豎直。不知不覺地拉住了山羊鬍鬚。

喝了足以下一場毛毛雨的酒，臉上嫩皮輾轉成似曬乾的百香果，乾乾皺皺，他相信酒不會害他這一無所有的老人，一年到頭他都在爲生活勞碌奔波，有時無緣無故爲數千粒番茄擔憂，恐怕番茄未露出成熟的顏色就被天牛蟲咬爛，或被山風擊落，即使遇上了，他會擺出無可奈何的鬼相，絕不怨天尤人。

在利巴內心發癢的年齡，他娶到性情如番茄一樣的女人，肉軟皮硬，讓利巴度過二十五年酸酸甜甜的日子。他的女人常嫌他過於蠻橫，他內心也會感到歉疚，而不輕易發怒。

搭目耳絕對不會害一個好人，會不會是花花綠綠的鈔票？

他心裡明白，羨慕會引起貪小便宜的野心，所以從不與別人較量任何事物，不曾因沒錢而痛苦，除了苦於那次沒錢治孫女的病之外，更不曾做過金錢夢。

他內心想著，既然不是金錢的誘惑，莫非年齡鑄成錯誤？

利巴強烈懷疑自己是不是回到童年。小時候母親常拿樹藤罰他，並拉他耳朵大罵，罵他是聽而不做的頑皮鬼，舌頭像支箭，到處刺傷別人的心，他母親就這樣常遭鄰人冷眼嘲語，每天太陽下山時，她就像等候惡劣工人的老闆，收到各式各樣利巴在外闖下的惡果。

飯後，利巴就受到全身的鞭撻，跪著聽訓，保證下次不敢後，再洗澡睡覺。

人們期望還老返童，利巴已應驗了，他覺得自己回到小時毫無知覺的粗暴。他想如果母親在世多好，就不會有今天的事情發生。他怪罪於布農無形的道德及社會有形的律法無法替代他的母親，甚至照顧布農的「雷哈寧」（註5）也失去神力，不能約束他，任由他掉入無法自拔的陷阱。

想到既然拉不到母親的手，雷哈寧也不理會他，就在身旁的朋友也該設法勸止吧！

巴路幹的模糊影像掠過利巴眼前，裝扮鬼臉，張開手指向著利巴的臉，萬分得意於利巴陷進無法脫身的漩渦裡。

利巴咬緊牙關，痛恨巴路幹不能及時攔阻他，反而譏笑他，心想明早將巴路幹丟進熱噴的溫泉裡，泡上一整天。

巴路幹是出了名的大嘴巴：也許已經到處散播消息，就像得知大條新聞，每個人的嘴張得好大好大，互相傳送消息。

註5.雷哈寧：天神，屬善神。

利巴想到別人是如何精采地重演自己的動作，嘴巴像強盜，臉色由美麗的紅棕色變換成恐怖的灰藍色，鼻子因使盡全力而扁得不像樣，尤其是兩對未脫落的犬齒，緊貼上下兩唇，一副蠻壯的山豬樣，更可怕的是他們把自己的心扭曲得禽獸不如。

那時巴路幹也醉醺醺，或許他的大腦已被酒精麻醉了，聰明智慧因多尿而流失，但在叉路與他分手時，他明明白白地對利巴說「法律就像陷阱……」不像是昏頭昏腦能說的話。

但利巴可憐巴路幹，自言自語道：「他病態的手臂，一定抓不住我的拳頭，但最起碼讓我有反省的片刻時間呀？」

巴路幹是族人公認的憨直青年，小孩們都叫他「巴路幹．耶穌」。他即使醉得穿反衣褲，不曾對年長者大吼大叫，也從不頂嘴。

一定是巴路幹遵行布農的倫理，尊重老人一切行爲，利巴爲巴路幹辯解。

想到不應該隨便猜測朋友的行爲，他爲自己的不信任巴路幹感到羞愧，他努力把剛才不乾淨的想法忘得一乾二淨。

果眞尊重長老招致哈尼肚的忿怒，漸漸走近自己，錯誤是否有例外？利巴激動地反問自己。

例外，利巴很喜歡這個解釋，今天發生的事只不過是千萬事的小部分，且不算最卑鄙、下賤的，這不很糟糕的小事叫作例外，它可以被遺忘，就像布農在這社會受點小傷，往往被忽略。

利巴的心又獲得一次安慰。

他轉動瘦疼的頸子，橋上發生的一切迅速浮現腦海，開始又害怕起來。

他痛恨出現幾秒鐘易發難收的意念，留下令他感到羞恥的結果。他恨死行踪不明的邪念，從今以後，得來不易的形象可能要重新被塑造，部落的布農會排拒他，教堂的大門不會爲他而開，失去心靈的避難所。

他記起牧師曾經說過，悔改可彌補一切邪念鑄成的罪惡，他立即跪下來，低頭誠心地祈禱。

默禱完畢後，他想到神學院留級數學期的牧師，手握著聖經講一則故事。

聖經舊約時代，在埃及地出現一位新王，他不認識以色列人的祖先，不知道埃及許多牧場是約瑟的子孫首先開拓而興旺。新王是屬善妒的人種，怕以色列人會與敵人聯合攻擊埃及。因此用盡各種陰謀，想把他們趕出埃及。

上帝憐憫以色列人辛苦地開墾埃及，卻受到埃及人的壓榨，於是把智慧的摩西賜給以色列人。

正當以色列人工作勞苦，人們開始喊命苦，摩西就攜帶以色列人逃離埃及。

逃到紅海，以色列無法繼續往前推進，而後方追來的是人山人海的埃及士兵。此時摩西以神杖將紅海切成兩半，開出一條路，當以色列人走上岸來，追兵也即將上岸，摩西毫不遲疑地把兩端的海水接上，活活淹死所有埃及的追兵。

仁慈的上帝並未阻止埃及士兵的不幸，更沒有責罰以色列人。

摩西的故事提醒利巴背誦十條誡命，絞盡腦汁，想不出第一條如何開始。十誡是上教堂必背誦的勸世戒律，在教堂他習慣張開眼睛大聲朗讀，現在他只記得不可殺人，不可偷盜。

現在利巴內心與基督教義形成矛盾的僵局。

不可殺人，利巴自己知道不曾殺過人，也不曾計劃毀滅別人。

不可偷盜，利巴承認搶到錢，但那些是不義之財，且已經用去醫治巴路幹女兒的病。

轉眼浮現不費腦力的一段朦朧的印象，牧師常安慰好鬥的年輕人，如果兩人彼此相鬥，一個人可用手臂使另一人戰敗，但不致於讓對方失去生命，只不過受到一點驚嚇，打他的人無罪。有時邪念不算罪惡，因魔鬼太厲害，常常附身於人，上帝偶而也會試探人，但千萬不可實行，即使做了，自己虔誠的懺悔仍可得到上帝的祝福。

利巴終於放棄找牧師懺悔的念頭，牧師也許不會了解他是無罪，更不可能給他平安，到最後可能叫他投案自首。

自從上帝被介紹來部落，利巴每星期日上教堂，不曾與上帝如此接近，也不曾那麼清楚地確定上帝的存在，利巴心中有了上帝，上帝戰勝了心中的哈尼肚，他看到上帝就在伸手可及的地方，點頭不說話，像長者賜給幼年者的承諾，毫不猶豫，且聖經裡救贖的經句，一字一字地顯現，找不到責備利巴的經節，上帝與聖經赦免他了，心裡感到萬分舒暢。

突然聽見公雞叫的聲音，接著一群獵狗遇鬼似地長嘯著。

利巴發覺可能已是凌晨二、三點，眼皮沉重，他又躺平蓋上棉被。彷彿背負六十公斤的番茄，越過了三座山峰的腳程，全身疲憊不堪，心靈反而是今天最穩定寧靜的時刻，神經與肌肉鬆懈下來，漸漸進入睡眠狀態。

正當闔上雙眼，巴路幹的影子又來干擾利巴，口裡喊出模模糊糊的幾句話，「法律就像陷阱，有鐵夾子、暗箭、洞窟、繩索……掉進去的是壞人，運氣好的，也躲不過警察獵人般的耳目，良心逃不過法律的譴責，更避不了執法者設下的情報網，執法者的……」

剎那之間，眼前出現一張大影幕，利巴看到自己正在那影幕裡。

他走在一條小路，是一個寂靜的黑夜，只看見他亮白的眼結膜，就在他的後面，一位臉色蒼白的長髮女郎踏著同樣腳步追來。仔細看她的臉，正是橋上遇見的女遊客，身穿黑長袍，左手拿著一本書，發出嚴肅恐怖的眼神，並展開滴著血水的右手掌，就要逼近利巴，往他後腦勺攻擊。

利巴迅速低頭，影幕突然消失。

瞬眼之間，利巴又出現在一面黑牆前，面無人色，兩眼流出又濃又白的液體。利巴很清楚地看到一個小女孩，在一本簿子以毛筆寫字，自言自語。不久，往筆記簿勾一劃，就在墨跡乾的同時，出現一隻大蜘蛛。

它慢慢地變形，八隻腳合併在一起，漸漸伸長，然後出現一個又深又黑的大洞，利巴使盡全力伸進洞裡探查，看到一個巨大的槍板機，然後是一枝又白又亮的槍身。

利巴趕快往後逃跑，大聲吶喊，那面黑牆不知不覺地變成一塊大石板，把他埋住不見人影。

利巴的心臟急促地跳動，呼吸不規律，全身流出冰冷的汗水，他意識裡明白那塊大石板實在難以捉摸，不知會從那個方位壓過來？不知能不能抵擋？是否有坐下來商量的機會？或一點掙扎的機會都沒有！

利巴緊張地自問，偷強盜的錢是否有罪？搶錢是不是死刑？

鄰居的狗好像誤吞骨刺般，吠喊出一陣淒厲聲，激起利巴的注意力

指向屋外。

獵狗的吠聲持續著，部落的獵狗由四面八方呼應，利巴愈聽愈害怕，更恐懼愈來愈逼近的狗吠聲。

牆上突然出現淡紅色微弱的光線，忽明忽暗，一直不擴大也不變小的窗影，投射在利巴的眼底。

他開始懷疑愈來愈濃的紅光，他已感覺到有一物體踏步走過來。

光線突然消失，嚇得利巴膀胱收縮，差點尿出來。

紅光又出現，比先前再濃一些，利巴預感有人要來捉拿他，相信不會是布農的咒詛，不是良心造成的錯亂，不是上帝的使者，利巴肯定是執法的人。

他已擺好姿勢，兩腳並攏彎曲，兩手抓緊對側的肩膀，但想不出如何準備與他爭鬥，也不知要說些什麼？怎麼與他辯白？他發覺已插翅難飛，此時唯一的方法，就是躲進黑暗裡。

這個方法已經不管用了，還是看得見紅光慢慢推進。

他感覺一陣刺痛扎到前胸來，像虎頭鉗夾住胸腔，幾乎快把心臟碾碎，呼吸不順，冷汗一滴滴流下來。

那紅顏色已達到飽和，搖搖晃晃地走過來。

利巴看見由棉絮透進來的光線，由暗紅漸漸轉明，照得他愈來愈清楚。

終於可以看見自己了，他伸張五指，右手指染上已凝固的血塊，看得魂飛魄散，感覺到全身即將暴露於紅光中。

胸口及左胸至左肩又一陣難忍的痛楚，就如六隻針同時穿進胸膛，橫衝直撞，把心臟打得支離破碎，胸部因痛而不能擴展，呼吸受到很大的影響，氧氣不足，利巴馬上張開嘴巴增加吸氣的容量，但痛得不能再忍，他害怕出聲，讓執法者輕易發現，他寧死決不屈服於執法者，咬緊牙關，不讓一點聲音溜出棉被外，但已痛得不得不移動兩手，抱緊左胸，試圖尋找消滅痛苦的姿勢，嘴巴流出液體來……

四角形的窗影子在牆上突然變成小碗圓形狀，緊貼在窗玻璃上，搖擺三次，紅光就離開利巴的屋子。

第二天的早晨，巴路幹匆匆換下「山青」制服，直接由派出所走向

利巴的房子。他是冬防演習的山青隊員，昨夜輪到他值班，保護部落的寧靜，防止有形無形的罪惡污染純潔部落。凌晨三、四點鐘，他曾路過利巴窗前，用手電筒仔細探照，看他是否睡著，順便看他是否蓋上被子，他看到利巴身體縮成一團，像斷了氣的穿山甲，緊緊蓋棉被。

巴路幹恐怕利巴患感冒，於是儘早來探訪。

巴路幹走近大門，在門板敲了幾下，聲音愈敲愈響。隔壁鄰居推開窗子伸頭往利巴屋子看，巴路幹伸出舌頭，一臉請求寬恕的樣子。

逕自用力推開房門，把門後的小椅子推開，弄出聲響來，他臉紅地立刻進屋子裡，發現沒有吵到利巴，於是小聲地關上門。

利巴依舊保持凌晨所見的姿勢，沒有一點聲音。

巴路幹大聲喊利巴，卻毫無反應，他覺得不太對勁。

利巴一向稱讚早睡早起的人，包括他在內，而且他天生具有靈敏的感官。

巴路幹跑近床邊，手摸向棉被裡，棉被濕了一大半，巴路幹有一股不安的預兆。

用力掀開棉被，利巴抱緊胸骨，嘴唇被緊咬的牙齒咬破，留下一片黑亮的血塊，兩眼突起看著上方，胸肌停擺在吸氣的位置，肚臍眼不再上上下下。

巴路幹嚇得全身毛孔緊閉，眼珠被釘住似地不敢再看下去，腦裡一片混亂，急忙衝出門外，跑向派出所，口裡持續唸著「哈尼肚，有哈尼肚……」

伊布的耳朵

七月，大地作物成熟的季節，主祭師宣布可開始採收小米了。有一天凌晨，月亮被山峰勾住似地，久久才下山。公雞啼叫第二聲後，卡夫大日氏族人靜悄悄地上山，深怕犯了採小米的禁忌。前一天他們釀好了粟酒，並得到占卜的啓示，這天是他們小米豐收的日子，家裡只留下伊布，照顧六歲大的孫女姍妮。

二年前伊布的男人塞伊離開人間，孝順的子女們不讓她到太陽下工作，爲了避免勤勞的伊布感到孤獨，就把姍妮留在家裡，讓伊布看護她長大。

她是卡夫大日氏族裡最年長者，今年六十七歲。多皺紋的臉皮更加增她在子孫前的威嚴，家族人對她如男人般地尊敬。

中午，大太陽垂直地照射卡夫大日的石板屋，太陽輻射熱四處流動，使伊布全身油膩不舒服。

伊布以為姍妮跑去附近小米田，她如平日習慣一樣，趁家中無人，放心地在沒有門栓的澡房沖涼。

正當她蹲下來洗滌小腿的污垢，姍妮不聲不響地撞門而入，一眼看到伊布的頭。

姍妮嚇得大叫一聲，迅速轉身，以山羊般靈巧的腳步跳出澡房。拚命向前跑，直奔卡夫大日的小米田。

伊布被尖叫聲驚動，右手不自主地去抓頭巾，但是來不及了，姍妮沒有雜質的心靈已受到傷害。

姍妮的家人在山坡上採收小米，見她慌慌張張地跑來，大家都覺得非常奇怪，家裡發了意外了嗎？卡夫大日的男人心裡戒備著。

姍妮如撞見哈尼肚（註1），四肢發白，額頭流了許多汗水，她母親伸出雙臂，抱緊受驚的女兒。

姍妮的心情因著母親的懷抱漸漸平靜下來。

她將澡房看到的怪物告訴家人，牠有亂如雜草的長髮幾乎與她同高，頭好像在屁股前，臉孔朝地，最嚇人的是牠只有一個耳朵。

註1.哈尼肚：布農話的「邪神」。

姍妮的族人一點都不表示驚訝，反而小聲地笑著，互瞪白眼。姍妮的父母親收拾小米，帶姍妮回家。

從前有一年的落葉季節，當時伊布十六歲，屬搭娜匹瑪氏族人，正值誠實的年齡，伊布的爸爸與族人搭瑪．西荷上巴蘭山打獵，在樹林間他們發現山羌的腳印，他們興奮地進行搜捕。

因前一天下了一場大雨，地上落葉又濕又滑，牽制他們的行動。偏偏那天是晴天，頭上微溫的太陽曬得大地蒸散水氣，堆積成薄霧，減低了能見度，他們走丟了山羌的蹤跡。

獵物的眼睛永遠比人類雪亮，他們巡了一個上午，沒有發現睡懶覺的山豬，也沒遇上游手好閒的獵物。

他們走到一棵老松樹前，搭瑪．西荷聽見草動聲，立即架起射擊姿勢，槍口對準一堆雜草。

伊布的父親也跟進，躲到一棵小松樹後，拉開槍機護套，左眼緊緊閉著，右眼等待草堆裡的獵物。

搭瑪．西荷扣了槍板機，槍聲回音來回奔竄，聽不清獵物激烈的翻滾聲。草叢裡，突然出現走獸哭號聲，差點嚇掉了搭瑪·西荷手上的獵槍。

嗥叫聲由大變小，那是獵狗瀕臨死亡的呻吟。

他們趕緊鑽入草叢裡，搭瑪·西荷宛如誤殺族人，嘴巴合不攏，說不出話來，頭被一棵巨木撞擊似的，眼前一片漆黑，差點昏倒過去。

他殺了頭目心愛的獵狗。

他們立刻將奄奄一息的獵狗補上一刀，斷了牠痛苦的生命，而後把屍體好好埋在老松樹旁。口裡默禱：「我們將你安葬土裡，含笑離去吧，就像水滴受熱而消失，不要留下痕跡。」

回到家後。搭瑪·西荷像牙齒蛀孔，臉孔往下掉。過著心驚膽跳的生活，族人追問，才知道他犯了禁忌。

獵狗是獵人最好的同伴，部落裡沒人膽敢欺侮牠們，殺害獵狗就得接受主人的制裁，最重的懲罰是放逐六個月，最輕也得送上一頭豬。

頭目到處打聽獵狗的行蹤，過了七個太陽日，得到的回應都是搖搖頭。

頭目失望地走向搭瑪．西荷家來。

這天搭娜匹瑪氏族人上山除草，伊布單獨留下織布、以備下年嬰兒節時給族人的小孩當禮物。

心地如山泉般清澈的伊布，將搭瑪．西荷回到家懺悔的事一一講給頭目聽。

頭目高興地回去召集勇士，一起來到搭娜匹瑪的小米田，令他們家中的長老出面，將西荷交出來判刑。

搭瑪．西荷殺害獵狗之後，從那天起，整個人像被詛咒包圍般，做事不順心，晚上得不著安眠。他自知過錯無法隨狗屍體埋入土內，他承認了，沒有任何考慮，甘願受頭目審判。

頭目看在他嘴巴通暢無阻，句句實話，懲罰他放逐一個月，賠償豬一頭給勇士們吃。

搭娜匹瑪氏族人獲知是伊布透露的消息，大發雷霆，痛恨她出賣自家族人的行為，伊布的父親也連帶受到指責與奚落。最後族長決議，念伊布心地善良，只將伊布的左耳切掉，以警告搭娜匹瑪的代代子孫，長舌的下場。

嫁給塞伊·卡夫大日後，伊布日夜綁著頭巾，把長舌的記號隱藏起來。

姍妮聽完故事，終於知道祖母伊布頭巾的祕密，心裡爲祖母的遭遇難過，撲倒在伊布懷裡，以擁抱安慰她。

伊布心裡埋著許多不平，但嘴巴仍然堅定地告訴姍妮，舌頭不可太長。

撒利頓的女兒

都爾布斯在葡萄園施肥，看到里安從遠處邊跑邊叫，他心裡疑惑地站起來。

里安喘得上氣不接下氣，跑到父親前。

「有人找你，搭瑪。」

「誰？」

「三個大人，兩個小孩，每個人的眼珠像老鼠一樣亮。」

「會是誰呢？」里安的母親張大眼瞪都爾布斯。

「長什麼樣子？」

「有個老女人，鼻子很扁，皮膚像肥豬肉那麼白，手指有亮亮的東西，背有點彎……。」

「到底是什麼人？」都爾布斯不耐煩地叫道。

「平地人。」

「我沒有認識平地人呀！」

「要找瑪莉亞跟搭瑪。」

都爾布斯想了一陣子，突然得到解答似地大聲叫：「長得像妳姐姐。」

「對，有個男人長得像極了瑪莉亞，也有兩個可愛的酒窩，門牙很大。」

「老女人臉上有顆黑痣。」

「對，對，一顆好難看的痣。」

「瑪莉亞剛才去老闆的倉庫搬肥料，趕快去叫她，回家時順便去菜園拿白菜和一些青菜，說有客人來訪。」

話一說完，里安即刻扮出發動摩托車的姿勢，兩腿一靠，嘴裡放出「ㄅㄨㄅㄨ」的聲音，快跑衝向葡萄園老闆的倉庫。

「會是什麼人呢？」

「巴拉寇，昨夜我做一個怪夢，這是個壞預兆。」

「什麼夢？」

「我夢見手上拿一粒未成熟的葡萄，香味卻濃過於快落地的老葡萄，我眞捨不得，當要藏到口袋裡，突然出現一個老女人，手搶了過來，我輕易地躲過，但是它由指間的縫隙掉出來，恰巧落在老女人的手掌心，然後她消失了，我心著急得很，悔恨自己不能保住那可愛的葡萄，奇怪地，它又出現在眼前一大步距離的石頭上，我伸出右手去抓，它滾落下來，我跳向前抓，它爬到一棵樹幹上，我趕緊追上去，頭撞上樹幹，把我痛醒了。」

「這個夢暗示什麼？」

「當初我猜想會不會遺落我心愛的東西。」

「不會吧！」

「我有預感，可能那些平地人就是瑪莉亞的家人，記得她親媽媽曾哭哭啼啼地發誓，她要努力工作賺錢，以後再補償瑪莉亞。他們說不定要帶走瑪莉亞。」

「怎麼可以呢？他們不可以這樣。」巴拉寇失去理智似地大聲嚷叫著。

他們愈是想到可能是瑪莉亞的母親，他們心裡愈感焦慮不安，都爾布斯嘴巴默唸：「瑪莉亞像園中的好葡萄，葡萄園因有它而清馨，不要將她奪走，她是撒利頓的女兒。」

沉默一會兒，都爾布斯抬高額頭，紅眼布上一層濕濕的薄膜，看著自己的雙手，再看巴拉寇。

「也好，就讓他們帶走瑪莉亞。」

巴拉寇慘叫一聲，抱住都爾布斯的肩膀。

「要搞清楚，把養子女送還或轉送其他人養，要受天神的懲罰。」

「平地人管你什麼布農禁忌。」

「要不要找巫師，施法讓瑪莉亞與我們永不分開。」

「妳瘋了，她已長大，到時候和我們黏住了，嫁不出去，我們要怎麼辦？」

巴拉寇被罵得低下頭哭泣。

「走，客人會等太久，也許他們只是來看看瑪莉亞。」

都爾布斯擦乾溢出來的淚水，壓住心中的恐懼，拉起還在抽泣不停的巴拉寇。

一輛十幾歲的客車駛近豐丘站，一陣尖銳刺耳的鈴聲響起，斷斷續續猶豫不決似地，使客車感到矛盾而熄火。右前輪恰巧踏在一處水窪地。

車停了一會兒，又繼續發動，不幸把走路慢得像蝸牛的歐巴桑濺濕，她用右手拍打被污水弄髒的裙襬，嘴裡嘀咕著。

客車排出大量黑煙，遮蔽車體，宛如知道自己做錯了事，匆匆逃離豐丘站。

高聳的山陵將天空切割成半圓形，呈現明朗的水藍色，空氣清爽，一眼望去，假使不是高山擋了視線，想必可望見海的那邊。四月裡樹林茂密繁盛，山風搖動樹梢，山峰染成墨綠色且流動著；善變的陳有蘭溪緊靠山壁，緩緩流著；河岸處處是適應力、生存力如布農般強的芒草，點綴光禿禿的河床。

罔市婆一家大小五人下車後，站在路邊，個個抬頭轉動頸子眺望四周的山峰，他們不約而同叫聲「哇！」

「阿媽，走啦！快點我們去看阿姑。」兩個小孩各抓住罔市婆的手拉著。

「你去那個小雜貨店問路，這裡變了，應該是有個入山管理派出所才對，先問路比較保險。」

河床新生地住了十幾戶閩南、客家、大陸人，房舍散落各處，形成一個混雜的村莊，雜貨店開在招呼站旁，阿升走到店前。

「老早，你們從哪裡來，來豐丘葡萄園觀光嗎？」

「喔！你會講台語啊！你不是高砂人嗎？」

「不是，我才不是高山仔，我是作農的，山上的太陽光比平地更大，又沒有高樓大廈遮住光線，所以曬紅了皮膚，有點像高砂人。」

「不好意思，原來你也是台灣人，但是你的口音怪怪的。」

「怎麼怪？我的爸爸是客家人，媽媽是……」

老闆尚未說完，阿升搶先說：「難怪，我就覺得你有客家音腔。」

「我媽媽是彰化人。」

「眞高興在這種地方遇上自己人，我們是田中鎮人，請問豐丘怎麼走？」

「不是叫豐丘，叫做撒利頓，他們高砂的老人不承認『豐丘村』這個名稱，仍繼續沿用他們祖先替那塊小台地取的名，你問對人了，其他人會以爲就是這河床地。買些東西嗎？到撒利頓做什麼？」

「去一個高砂人的家。」

「高砂人有一種習俗，拜訪的人如果帶東西去，不問價值，他們都會很高興地視你爲同族的人。」

「我們去一下而已，要走幾分鐘？怎麼走？」阿升認爲這是老闆爲推銷貨品而自編的習俗，他假裝沒聽見。

「跟著這條路走，三十分鐘就到。」

老闆看他沒有購買意思，臉上露出失望的形狀。

阿升謝了老闆轉身快步離開雜貨店。

走到他母親前，指著通往撒利頓的山路，罔市婆依然感到懷疑。

罔市婆今年六十歲，出身於農村，自小就是父母親的好幫手，沒唸過日本小學，台灣光復後，也沒有機會接受正統教育，嫁人之前，隨父母在一位地主的兩甲田做農事，嫁給了一位農人，還是種田做雜工，生下十個孩子，什麼苦頭都嘗過了，這三十分鐘的步程她不感到驚訝。

他們走在約五個人寬的砂石路上，深深的輪胎印痕，劃割兩條小水溝，道路旁長滿了春天新生的雜草，路邊插上兩塊大木板，白底黑字，寫著「歡迎蒞臨觀光」，另一塊寫著山地農牧局的公告，那些不被路人注意的小字說明著這片農地，是政府為山地開闢的果園，種的是紫皮大葡萄。

罔市婆的兩個孫子垂涎於果樹上發青的果子，吵著摘下來吃，罔市婆藉機教導他們，如何辨認葡萄是否成熟了，孫子們仍堅持以嘴巴嘗試。被他們媽媽罵一頓，才安靜下來。

走過十個田埂，又是一支站得蠻挺拔的告示牌，說明外地人須辦入山手續，否則移送法辦。

近百步處，有座水泥房，房前一支乾竹子吊上一片失色的大布塊，房門半開著。

他們走近檢查哨，屋裡毫無動靜，於是大搖大擺地進入山地保留區。

走了十分鐘的路，看見遠處三個人在葡萄園裡施肥，勤勞工作而聽

不見罔市婆他們的雜聲。

前面路旁又有一個人，他臉皮稍黃，正注視著罔市婆一行人，由他那對鳳眼可確定他不是高砂人。他們快步走近他。

「你好！」

「你們好。」

他們禮貌地互相問候，寒暄，就像遇上遠親的朋友：他們不再陌生。

「這裡的高砂人一定很有錢哦！」罔市婆問道。

「怎麼說？」

「山地農牧局教導他們培植一大片葡萄，一年收個數十萬有吧！」

「你錯了，這裡不是高砂人的地了，除了一兩甲外，都是咱們台灣人經營。」

「告示牌上明明寫山地農牧局。」阿升的太太搶問。

「對！土地本來是高砂人的，我們這幾家台灣人剛來時，一無所有，靠著多年的辛勞到現在這片葡萄園幾乎是台灣人所有。」

「難怪，剛才我懷疑此地不是豐丘，以前種稻子嘛！」

「對，高砂人很早以前在這裡種稻子。」

「那麼這裡有你的田了。」

「一甲而已，經過三年的努力才有這番成績。」

「怎麼得到手的？」

「地權的主人急需醫藥費，他老爸生了大病，本來借他五千元，他們開價一萬元賣我，那時一萬元夠大的呢！」

「不可能這麼笨吧？」罔市婆小聲地問。

「不但賣地，假使不再醒悟，那天連躺的地方都沒有了。」

「那三個施肥的是台灣人嗎？」

「高砂人，我雇來的人，那片就是我的地。」

「一年收入很多錢唷。」

「馬馬虎虎。」

「我們走了，趁太陽不熱時到達撒利頓。」

罔市婆與那人告辭後，再望那三個人一眼，然後催促孩子們繼續趕

路。越過葡萄園來到山腳下，他們將開始走爬坡路。兩個小孩跑到前頭，他們更喜歡這段山路，新奇的東西比葡萄園路更多，他們婉拒父母親的關心，他們要自己爬坡，不願錯過觸摸各種花草的感覺，有時拔起花草考問他們的父母親，有些阿升也未曾見過，隨便編造答案，或故意沒聽見。

前幾天下過一場大雨，路上蝕出奇形怪狀的小石子，小孩邊走邊拿，快裝滿了口袋。

岡市婆把左手遞給阿升，大聲叫孫兒不要離開他們父母太遠。

「剛才那葡萄園在我頭一次來時是種稻子，高砂人一群群在稻田裡除草，有人看到你們爸爸和我，就揮手打招呼。向他們問路，他們知道我們是外地人，怕我們走丟了，就請裡面最年輕的男孩帶我們到阿琴家，走到此地，那男孩一會兒就不見人影，我們嚇著了，以爲他要陷害我們，正著急如何是好，他走回頭，問我們發生何事。他一直以爲我們也善於走路，後來讓我們走前面，慢慢爬上部落，走到這裡，使我想起這段趣事。」

「媽媽，妳當時幾歲？」

「大約四十五歲，還好你阿爸牽著我。」

小孩在較爲平坦的前面道路跳躍著，喊他們的父母親與罔市婆快上平台來，村莊就到了。

走了整整一個鐘頭，他們半蹲著敲打兩腿，嘴裡責罵高砂人沒有時間觀念，一小時說成十五分鐘，讓他們空歡喜一場。

罔市婆喘著呼吸，身體不覺得疲倦，叫著要繼續前進，但兒媳要她歇一會兒，吸收清新的空氣，調節氣息，慢慢平靜下來。

不久，他們又啓程進入部落。

五十步距離的地方，有兩個小男孩互相追逐，口裡喊著布農語，在罔市婆腳前不到十公尺處，扭成一團，像兩隻野狗打架緊抓不放，看他們奮力勒緊對方的脖子，他們正激烈地打鬥。

罔市婆指示家人們悄悄避過他們。

當距他們五腳步時，一位容貌可愛的小孩，擺開對方已鬆軟下來的膀臂，跳到罔市婆前。

「你們來撒利頓找人嗎？」

兩個布農小孩由激烈的戰鬥，突然轉變成溫和的問答，使得罔市婆他們懷疑打架是假戲，心中有點不安。

「或是來玩的？」

布農小孩再問一次，語氣緩慢且咧嘴微笑，表示他的善意及好感。

阿升放心地鬆懈自己的心情，也以國語回答：「我們來找人。」

「男生還是女生？」

「叫阿琴的女孩，他的爸爸叫都爾—布—西。」

「都爾布—斯，都爾布斯．古拿難，我的爸爸，走，帶你們到我家。」

里安察覺外地人原地不動，似乎懷疑他的眞誠，他大聲唯恐外人聽不見地說：「我叫里安，都爾布斯是我爸爸，姐姐叫瑪莉亞。」

摔倒在地上的另一個布農小孩也站起，點點頭保證里安句句實話，罔市婆才跟隨在里安身後兩步。

四周的景物沒有多大改變，依然平靜，十幾年前撐持都爾布斯屋子的木柱依在，只是多了一層淺藍色油漆，屋頂還是那些石板，屋簷掛上切半的麻竹，收集雨水。

罔市婆站在曬穀場，看到石板上處處是雞糞，她作出噁心狀。她變了，她感覺自己已厭惡這種舊房子。

「阿姆，阿姑就住在這間屋子嗎？」

「好可憐唷！破破臭臭的房子。」

「怎麼不叫阿姑住我們家呢？這裡好髒。」

「小孩閉嘴。」阿升太太嚴厲止住孩子的對話，轉向里安賠不是並問道：「這些花好香、好漂亮。」

「很美嗎？我姐姐瑪莉亞栽種的，如果想帶走，等一下幫你們採下來。」

「不用了，這樣較好看。」

罔市婆聽到阿琴的布農名，加促她急於見瑪莉亞，於是用難聽的國語重重地對里安說：「叫瑪莉亞，快！好不好。」

「她跟爸媽到葡萄園賺錢，我會叫他們回來。」

「我們怎麼辦？」阿升太太問。

「喔！請進來坐一下。」里安臉紅地抓著頭。

里安鑽進漆黑的屋裡，打開電燈，把椅子擦一遍，舀水缸裡的水，請他們大人喝水，兩個小孩因沒送他們水而大吵，里安不理會，直接跑出去。

都爾布斯和巴拉寇走到院子來，停留幾秒鐘，內心盼望沒有人，但屋裡可聽見微弱的閩南語聲，粉碎了他們的心，都爾布斯挺起胸膛，吩咐巴拉寇去雞舍殺一隻母鴨，他打算留下客人吃中餐。

都爾布斯的右腳跨過門檻，罔市婆認出他滿腮的鬍子，激動地叫道：「是你吧，都爾布斯，眞久眞久不見，他們是瑪莉亞的哥哥、阿嫂、兩個姪兒。」

都爾布斯如受電擊般，呆呆地注視老女人的相貌，眞的是他極不願看到的一張臉，對她的最初印象雖然已經模糊，然而鼻旁長毛的黑痣，兩根痣毛好像不曾掉落，仍舊垂下向兩邊開叉，沒錯，她是瑪莉亞十多年前的母親，他儘力使自己鎮定下來。

「厝裡沒有好茶招待，我拿開水來。」

「免客氣，你的小男孩已拿開水給我們。」

桌上眞的擺了三個碗，都爾布斯爲里安的成熟和知禮節，沾沾自喜。他走到爐灶前，提起水壺，發現壺裡沒水，回想今天沒燒過開水，心裡責罵里安的糊塗，這小孩一定拿了水缸裡的生水。

「那個水不要喝，我燒開水給你們喝，等一下吧。」

「我們不渴，不用麻煩。」

「我要喝。」兩個小孩連搶著說，哭鬧一陣。

阿升太太板著臉孔，舉高右手，做出打孩子的架勢。

罔市婆止住媳婦下一步的動作，命令地叫她帶小孩出去走走。

「都爾布斯，今天我來的目的是……」

「我知道。」

「那就好，瑪莉亞在嗎？」

「很好，她已長大了。」

「我眞想馬上看到她。」

「她等一下就來……」

瑪莉亞具有樂觀面孔、外向的氣質，村人最讚賞她的勤奮，是都爾布斯的乖女兒，她有兩個姐姐，很早就嫁出門，一個十歲大的弟弟，唯一的哥哥成家後出外作工。她國中畢業之後，跟隨父母上山、下田工作，今年十八歲，正值發春的年齡，心裡暗暗期待男人登門提親，把她背走。一聽里安說家裡有人來訪，心裡不能安定下來，步伐變得比平日更大且靈活，拖著里安回家。

「瑪莉亞，不騙妳，眞的有人帶禮物專程找妳。」

「你一定騙姐姐。」

「如果騙妳，我被哈尼肚吃掉。」

「家裡怎麼、一點動靜都沒有。」

「我們來賭。」

「賭什麼？」

「兩包王子麵。」

「姐姐贏呢？怎麼辦？」

「屁股給你打。」

「慘了你，一定把你的屁股打到紅腫為止，看你以後敢不敢騙人。」

「妳看我們家的煙囪，準是媽媽煮飯給客人吃。」

「還不一定，說說看，那些人找我有什麼事？」

「可能是來提親的吧！」

「不可能。」瑪莉亞紅著臉回答。

他們手拉手走來院子，里安裝一下鬼臉就直接繞到廚房，瑪莉亞遲疑一陣子，心裡準備好後，低著頭進屋。

「瑪莉亞，來，爸爸介紹他們讓妳認識。」

罔市婆的眼睛突然亮大起來，嘴唇顫抖，邊叫瑪莉亞邊撲向她的身上，迅速用手肘圍著瑪莉亞的脖子。

瑪莉亞被這突變的狀況嚇住，頭悶在罔市婆的懷裡，鼻子無法吸氣，於是用力推開罔市婆。

罔市婆興奮地哭著，聲音有些低沉，不願放開瑪莉亞，緊抓她邋遢但柔軟的頭髮不放。

瑪莉亞奮力掙脫罔市婆的手臂，一面閃避，一面叫著弄疼她的頭髮。

阿升起來抓住罔市婆，安慰她並要她坐下來。

「她是誰，怎麼這樣待我？」瑪莉亞憤怒地大叫，氣得就要哭出聲來，跑到都爾布斯身邊。

「妳怎麼可以說這種話？」都爾布斯反罵她。

「誰叫她抓痛我的頭髮。」就像山崩一樣，眼淚滾到瑪莉亞臉上。

「快點向妳媽媽賠不是。」

「哼！誰是她女兒，我的媽媽是巴拉寇。」

瑪莉亞像一陣暴風似地衝進廚房。

阿升安慰著罔市婆，勸她不得衝動，避免嚇壞了瑪莉亞，一時之間她必定不能接受這個事實。

都爾布斯也出聲安慰罔市婆，並叫巴拉寇帶瑪莉亞回客廳。

都爾布斯客廳熱鬧起來了，客廳裡阿升、罔市婆、都爾布斯交談著。巴拉寇、里安在廚房安撫瑪莉亞。

上午十一點鐘，屋子兩側逐漸平靜下來，都爾布斯走進廚房，催巴拉寇快準備午餐，拉住瑪莉亞回客廳。

「坐，大家都坐下，我們慢慢說，不要太激動。」

他們很有默契地同時坐下來。

罔市婆兩眼看著瑪莉亞。瑪莉亞把臉轉向都爾布斯，她害怕自己的眼光與身前奇怪的陌生人相遇。

「先把話說清楚，要冷靜。」

罔市婆與阿升點頭表示同意。瑪莉亞低著頭。

「瑪莉亞，爸爸坦白告訴妳，她是妳的笛娜。」

「不，怎麼可能又出現一個笛娜，我是從巴拉寇的肚子裡出來的。」瑪莉亞以布農話激動地回答。

「以前不是常問爲什麼妳有白皮膚嗎？拉著里安在鏡前相比？爲什麼妳長酒窩？妳和他們里安不相像？因爲妳是平地人。」

「但是我從來沒有外人的感覺。朋友說我是平地人，我把它當作開玩笑，因爲他們羨慕我曬不紅的皮膚。」

「妳的皮膚確實是平地人的。」

「我曾經懷疑過，那爲什麼不老實告訴我？」

「妳一直是我長不大的孩子，承擔不了事實的打擊。爲了保有妳完整的心靈，保密到現在。」

「眞一直相信搭瑪的每一句話，但我不接受她是我的笛娜。」

「不會看錯，雖然過了十多年了，她絕對是妳的笛娜。」

「證據在那裡。」瑪莉亞口裡冒出國語。

「證據。」阿升以閩南語加強說明給罔市婆知道。

「我沒有什麼證據，當時的日子有多苦妳知道嗎？番薯塊捨不得多吃，怎能爲小孩配玉鐲、項鍊呢？而且妳的身體沒有缺陷可作爲標記，但我可以把當時與妳分離的情形再講一遍，妳的養父可以作證。」

「他不是我的養父，他是我爸爸。」

「二十年前，我和妳親老爸住竹山鎭外，那時妳有三個哥哥，六個姐姐，你們都還小，家裡沒有田地，也沒有財產，我們是幫主人種田的；日本戰敗後的第二年冬天，全家人受凍受寒，天公也眞會戲弄人，愈是貧窮小孩愈多，我懷胎十月才生下妳，產後大量出血，昏迷兩天，妳差一點送走我的命。

第三天我才看到妳，原來產婆把我轉到一家私人診所，花了不少錢，那時地主老闆因戰爭剛結束而沒有什麼錢，我們不得不變賣家中可用的一切，就這樣拖累整家人，假使要撫養妳，可能餓死家裡一兩人。

中國軍入台不久，戰亂沒有完全平息，有一晚妳老爸與我商量，把妳送給養得活妳的人。當時每家的情形差不了多少，要找到願意養妳的人實在太難了。我們只好先把妳大哥阿升送給人當工廠的長工。有天竹山鎮有市集，我把妳安放在鎮郊路上，也許有良心的生意人會把妳抱走，等了一個上午。

中午有個年輕人提獵槍，背山肉走過來，他的耳朵非常敏銳，老遠就聽見妳的哭聲，他跑來抱妳，說也奇怪，哭聲停住了，我趕快從草叢出來，求他大發慈悲，他就是妳現在的爸爸，他只懂一點台灣話，我慢慢解釋給他聽。這是天意，希望他能救救小孩，本來他不太願意，因爲他已有小孩，但妳的小手抓著他的鬍子不放，他了解我們家的不幸之後，才答應

收養妳。在妳一歲半時，我們來看妳一次，不知妳有沒有印象。」

瑪莉亞心思煩亂，兩粒瞳子似作夢般毫無知覺地停擺在眼眶中央。

「我們爸爸五年前因工作勞累先離開世間，現在我們住田中鎮，不再是佃農，我們開了一家小有規模的紡織廠，爸爸臨終前特別交待，一定要把阿琴抱回來，媽媽年齡已不小，做孩子的必須完成他們的願望，把妳帶回去並讓妳成家，你爸爸剛剛答應媽媽抱妳回去，他雖不接受鈔票，但我答應為他們蓋新房子。」阿升繼罔市婆講話。

巴拉寇楞住了，以憂傷的眼睛瞪都爾布斯，心中暗想怎麼都爾布斯答應得那麼乾脆，快得使她難以承受，口裡不斷叫「尼（註1）、尼、尼……」

都爾布斯起身走到巴拉寇旁，而用布農語安慰她說：「不要傷心，瑪莉亞本來就不是妳我的骨肉，讓她回到她原來的家，他們是富翁，可讓瑪莉亞活得更好，我們根本不能給瑪莉亞豐富的日子，況且她自小不知什麼叫享受，放手吧，讓她重新變為平地人，如果她穿得漂漂亮亮，長得白白胖胖，嫁人生子，我們不是更高興嗎？」

註1.尼：布農語，不要的意思。

巴拉寇想像到瑪莉亞今後會像一般城市小姐那般驕縱不可一世的樣子，打扮得像明星般，耀眼明亮，肚子從此忘了什麼是飢餓，她心中為瑪莉亞感到愉快。

「好吧！既然瑪莉亞會活得那麼舒服快樂，就隨她去吧，但咒詛的後果你要擔當喔。」巴拉寇無力地說。

都爾布斯向罔市婆點頭，表示巴拉寇贊成了。

「阿琴，妳媽媽也答應把妳還給我，妳願不願意跟我走？」

瑪莉亞好像從開始一句話都沒聽進耳裡，頭垂得好低好低。

「瑪莉亞，凱素兒找妳。」里安衝進屋裡叫。

都爾布斯揮手罵里安。「走開！大人在講話。」

「我的頭很痛，我到外面透透氣，讓腦子冷卻一會兒。」

瑪莉亞只向都爾布斯瞄一眼，就拉里安的手跨出大門跑去。

都爾布斯了解瑪莉亞的水牛脾氣。語氣婉轉地對罔市婆說：「瑪莉亞要考慮一下，相信她會回到妳身邊。」

阿升看得出瑪莉亞無法即時決定，內心贊同她出去考慮一下，於是

轉移話題，對都爾布斯問：「平常做什麼工作？」

「種種稻子，有時像今早在葡萄園賺工錢。」

「檢查哨附近的葡萄園？」

「對！對！」

「原來那三個人是你們，早知道就叫你們。」

「河床那些種葡萄的地不是你們高砂人的嗎？」罔市婆懷疑地問道。

「很久以前是。」

「怎麼說？」阿升好奇地問。

「以前沒錢時，向河床節儉的平地人借錢，有些人因不能馬上還錢，利息愈堆愈高，只好賣田地，引進葡萄後更需要錢買肥料、農藥，果販們慷慨地借給我們錢，但他們低價收購葡萄，幾年下來，借貸積得愈多，重得壓彎了脊椎，不但把地上物典當掉，有些土地也順便賣掉，如今我們變成葡萄工人，賺賺工錢過日子。」

罔市婆兩眼直瞪阿升，以閩南語小聲地說：「看嘛！早上在路上就告訴你，不是高砂人懶惰。」

「說得也有道理，不用腦的人當然要吃虧。」

罔市婆恐怕都爾布斯聽出阿升的諷語，搶先問道：「你耳上怎麼也有耳洞，以前沒看過呀！」

「這是布農的風俗，穿耳洞的人不被哈尼肚（惡神）戲弄。」

「小孩有嗎？」

「奇怪呢？受過教育的人不再相信以前。」

「唉！我們台灣人的後代子孫也好不了多少。」罔市婆仰聲嘆息著。

「瑪莉亞有男朋友嗎？」罔市婆細心地問。

「不知道有沒有要好的，還沒有人上門來提親，但她有些朋友。」

里安喘呼呼地跑進屋子裡來，差點把正端菜出來的巴拉寇撞到，手拍著左腦，急促地用布農語說：「瑪莉亞和凱素兒跑掉了。」

「跑去哪裡？」

「說她是布農，他們休想帶她走。」

「瑪莉亞往哪個方向走？」聲音更急更大。

「瑪莉亞要我轉告他們，她像一粒被丟棄在雜草裡的木瓜種子，生根長葉與雜草相處融洽，不必移植。」

「這個女孩眞不像話。」巴拉寇生氣地說。

「凱素兒還說如果爸媽不要瑪莉亞，他要帶她走。」

罔市婆聽不懂里安講些什麼，但是由都爾布斯、巴拉寇臉上瞬間變化的表情，感覺出發生了不平常的事，急忙忙向都爾布斯追問。

都爾布斯心底暗自稱讚瑪莉亞的抉擇，他壓抑住興奮的情緒，皺起眉頭老實地把里安的話轉譯給他們聽。

罔市婆遭受百斤重物打擊似地，臉色發青，皺紋驟然增多，彷彿過了數十年，口裡發出沙啞的哭聲，差點昏過去。

阿升不感意外，趕緊抓住罔市婆的臂膀，撫摸著她的背。

都爾布斯心裡尷尬地安慰他們：「瑪莉亞眞不懂事，她回來時定好好教訓她，不過我相當了解她的個性，她的決定就如夫妻的結合，不易變更。」

阿升明白瑪莉亞已決心當都爾布斯的女兒，正如他先前所預料，她是撒利頓的女兒。他接受這個事實，因此以愛的語氣勸她母親。

一陣尷尬的場面，罔市婆調整音調，擦乾鼻涕和淚水，然後開口說：「看她長得那麼幼秀，脾氣竟然比牛更硬，和他爸爸一樣。她一定恨死我了，不能諒解我。」

「不會啦！媽，至少妳已經來要抱她回去，是她自己不肯，不用太傷心。」

「對啦，她人雖在撒利頓，她仍然是妳親生女兒，以後常來玩嘛！」巴拉寇安慰著。

「剛才那男孩是不是她的男朋友？」

「可能是。」

「家庭經濟如何？」

「還不錯，他是工作努力的年輕人。」

「也好，她嫁人時別忘了告訴我，我要蓋一棟房子和送一部車子做她的嫁妝，補償我虧欠她的。」

阿升拿出一張塡滿黑字的名片遞給都爾布斯，食指壓在電話數字上，邀都爾布斯全家人到田中鎭玩，然後聳聳肩似乎表示他們失敗了。

把阿升太太和孫兒找回來後。他們向都爾布斯講一大堆理由，沒有吃巴拉寇預備的午飯就走出去。

他們匆匆離開令罔市婆傷心的撒利頓。

33
《番人之眼》
瓦歷斯．諾幹◎著
定價260元

來自泰雅部落的瓦歷斯．諾幹，承繼泰雅獵人的血統，以獵人捕捉飛鼠的銳利目光，穿透文明與荒野的界線，傳述來自山海部落的原住民心事。文字間，或是幽默，或是嘲笑，或是不滿，或是沉重悲哀……皆是語重心長的部落心事。

28
《蘭嶼行醫記》
拓跋斯．塔瑪匹瑪◎著
定價250元

位在藍藍北太平洋的的蘭嶼，自從有一天來了拓拔斯．塔瑪匹瑪這位醫學院畢業的新科醫生後，起了一陣騷動……惡靈敵不過現代醫學的威力紛紛跑到海裡去了。一篇篇幽默且寓意深沉的文字說明作者為達悟族人驅除病痛的經過。藉由拓拔斯之眼，我們看到了達悟族人的純樸與天真，誠懇與樂天！

41
《神話．祭儀．布農人》
余錦虎◎著
定價250元

來自mai-asag的祖靈傳說，從神話看布農族的祭儀世代與奔馳於山林中的子民們，美啊尚是他們的故鄉、聖地與生命源頭；而太陽與小米，則交織出布農族人的生命歷史與文化內涵。當遠古時由太陽變成的巨人教會他們祭祀的方法與禁忌的那一刻起，美麗的神話伴隨著祭典與禁忌於焉產生，智慧開始累積……

39
《阿美族傳說》
林淳毅◎著
定價220元

《阿美族傳說》收藏了後山阿美族的動人傳說，有眾所熟悉也有沒沒無聞的，這些故事都能滿足你天馬行空的想像，更能認識阿美族人的動人智慧。集結阿美族的祭典故事、部落生活智慧、戰爭故事、精靈傳說，最後是東海岸巡禮，拜訪44個阿美族部落，進行阿美族地名的歷史軌跡之旅。

43
《泰雅的故事》
游霸士．撓給赫◎著
定價230元

作者以部落詩頌、歌謠做為本書的起始，從泰雅族的起源傳說漸層描述著屬於泰雅族的古老又動人的美麗故事、信仰與禁忌，以及祖先們走過的歷史、與生存環境搏鬥後的生活智慧，像是部落耆老低沉的嗓音，吟唱著優美的詩歌，滄桑中帶著讚頌的回憶，環繞周圍，久久不散……

42
《高砂王國》
達利．卡給◎著
定價360元

本書鮮活地陳述著泰雅族祖先起源的歷史傳說，生動的記錄泰雅族社會生活習俗與祭典儀禮，將親身的生活經驗、地理環境與部落耆老傳述所揉雜的記憶，描寫得栩栩如生；更詳述北勢八社天狗部落在日治時期的攻防與歸順，充滿著部落勇士高亢激昂的力度。

55
《台灣原住民傳統織布》
王蜀桂◎著
定價350元

以報導文學方式，介紹九族織布法、織布工具、各族織布紋路的差異及特色。作者更深入台灣各部落，找尋九族中仍擁有織布技術的老織女，企圖喚回一般人對古老織布文化的微薄記憶。透過淺白易懂的內容，讓讀者對傳統原住民織布概念更明確，體認這項珍貴的傳統技藝。

56
《我在部落的族人們》
啟明．拉瓦◎著
定價200元

書中內容選擇以部落小人物的生活故事為主體，以散文與報導文學的多樣體裁呈現。這些小人物的故事，平淡或非凡、讚揚或貶抑、歡喜或悲傷，每個角色都是原住民的化身，每個故事的提問、批判與辛酸，也都在描摹當代原住民所面臨的現象與困境。

57
《泰雅傳統文物誌》
卡義．卜勇◎著
定價250元

★榮獲行政院新聞局「第二十九次中小學生優良課外讀物推介」

當塑膠籃漸取代竹編六角背籃，T恤取代傳統織布長衫，泰雅族高熊頭目卡義．卜勇驚覺，泰雅文物漸漸失傳了。於是，他和身為巫師的妻子開始進行泰雅部落踏查，蒐集已被族人視為無用之物的傳統文物，憑著一己之力及一股傻勁，努力做著泰雅文化傳承的工作……

58
《太陽迴旋的地方》
——卜袞雙語詩集
卜袞．伊斯瑪哈單．伊斯立端◎著
定價250元

本詩集為作者卜袞繼《山棕月影》後的第二本以原住民布農族語創作的詩集。作者以文化、語言、書寫的角度，探索布農文化最深沉的內涵，並透過布農族語的寫作提供作為原住民母語教材，以漢語對照讓讀者一窺原住民文化的精緻之美與語言音律之美。

59
《太陽神的子民》
陳英雄◎著
定價280元

陳英雄（排灣族名谷灣．打鹿）是台灣第一位出書的原住民作家，在台灣文學史上具有代表性及先驅者的地位。本書是他近年來的力作，描寫一個排灣領袖家族數代以來的變遷，在歷經百餘年來數次異族統治仍不低首屈服的抗爭血淚史，是一部綿長而壯觀的口傳故事。

60
《北大武山之巔——
排灣族新詩》
讓阿淥．達入拉雅之◎著
定價250元

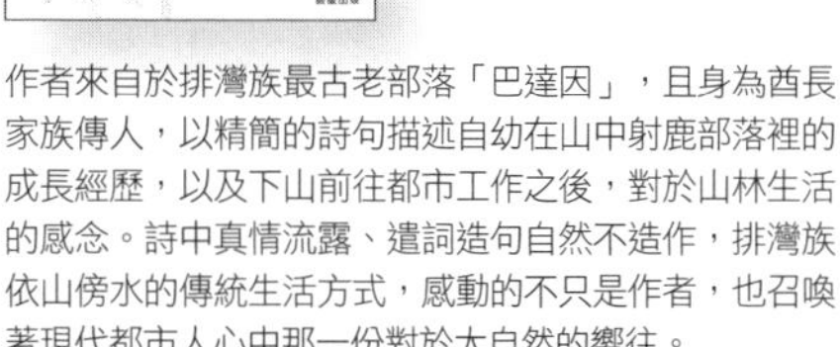

作者來自於排灣族最古老部落「巴達因」，且身為酋長家族傳人，以精簡的詩句描述自幼在山中射鹿部落裡的成長經歷，以及下山前往都市工作之後，對於山林生活的感念。詩中真情流露、遣詞造句自然不造作，排灣族依山傍水的傳統生活方式，感動的不只是作者，也召喚著現代都市人心中那一份對於大自然的嚮往。

國家圖書館出版品預行編目資料

最後的獵人／拓拔斯·塔瑪匹瑪著；──二版.──台中市：晨星發行，2012.10
面；公分.──（台灣原住民；04）

ISBN 978-986-177-623-1（平裝）

1.原住民 2.布農族 3. 文學

863.857 101012088

台灣原住民 04

最後的獵人

作者 拓拔斯·塔瑪匹瑪（田雅各）
主編 徐惠雅
編輯 張雅倫
校對 張沛然
美術編輯 林姿秀
封面設計 王志峰
封面繪圖 徐世昇、許芷婷

創辦人 陳銘民
發行所 晨星出版有限公司
台中市407工業區30路1號1樓
TEL：04-23595820 FAX：04-23550581
http：//star.morningstar.com.tw
行政院新聞局局版台業字第2500號
法律顧問 陳思成律師
初版 西元1987年9月20日
二版 西元2012年10月10日
西元2021年12月31日（二刷）

讀者專線 TEL：02-23672044 / 04-23595819#230
FAX：02-23635741 / 04-23595493
E-mail：service@morningstar.com.tw
網路書店 http：//www.morningstar.com.tw
郵政劃撥 15060393（知己圖書股份有限公司）
印刷 印刷 上好印刷股份有限公司

定價230元
ISBN 978-986-177-623-1
Published by Morning Star Publishing Inc.
Printed in Taiwan

◆讀者回函卡◆

以下資料或許太過繁瑣，但卻是我們瞭解您的唯一途徑，

誠摯期待能與您在下一本書中相逢，讓我們一起從閱讀中尋找樂趣吧！

姓名：__________________ 性別：□ 男 □ 女 生日： / /

教育程度：______________

職業：□ 學生 □ 教師 □ 內勤職員 □ 家庭主婦

□ 企業主管 □ 服務業 □ 製造業 □ 醫藥護理

□ 軍警 □ 資訊業 □ 銷售業務 □ 其他______________

E-mail：______________________________ 聯絡電話：________________________

聯絡地址：□□□____

購買書名： 最後的獵人

· **誘使您購買此書的原因？**

□ 於 __________ 書店尋找新知時 □ 看 __________ 報時瞄到 □ 受海報或文案吸引

□ 翻閱 ______________ 雜誌時 □ 親朋好友拍胸脯保證 □ _______ 電台DJ熱情推薦

□電子報的新書資訊看起來很有趣 □對晨星自然FB的分享有興趣 □瀏覽晨星網站時看到的

□ 其他編輯萬萬想不到的過程：______________________________________

· **本書中最吸引您的是哪一篇文章或哪一段話呢?**________________________________

· **請您為本書評分，請填代號：1. 很滿意 2. ok啦！ 3. 尚可 4. 需改進。**

□ 封面設計_______ □尺寸規格________ □版面編排________ □字體大小________

□ 內容__________ □文／譯筆________ □其他建議________

· **下列書系出版品中，哪個題材最能引起您的興趣呢?**

台灣自然圖鑑：□植物 □哺乳類 □魚類 □鳥類 □蝴蝶 □昆蟲 □爬蟲類 □其他________

飼養&觀察：□植物 □哺乳類 □魚類 □鳥類 □蝴蝶 □昆蟲 □爬蟲類 □其他__________

台灣地圖：□自然 □昆蟲 □兩棲動物 □地形 □人文 □其他________________________

自然公園：□自然文學 □環境關懷 □環境議題 □自然觀點 □人物傳記 □其他__________

生態館：□植物生態 □動物生態 □生態攝影 □地形景觀 □其他________________________

台灣原住民文學：□史地 □傳記 □宗教祭典 □文化 □傳說 □音樂 □其他______________

自然生活家：□自然風DIY手作 □登山 □園藝 □觀星 □其他________________________

· **除上述系列外，您還希望編輯們規畫哪些和自然人文題材有關的書籍呢?** ______________

· **您最常到哪個通路購買書籍呢? □博客來 □誠品書店 □金石堂 □其他** ______________

很高興您選擇了晨星出版社，陪伴您一同享受閱讀及學習的樂趣。只要您將此回函郵寄回本社，我們將不定期提供最新的出版及優惠訊息給您，謝謝！

若行有餘力，也請不吝賜教，好讓我們可以出版更多更好的書！

· **其他意見：**____

晨星出版有限公司 編輯群，感謝您！

請填妥後對折裝訂，貼妥郵票後寄出即可

郵票

請黏貼 8 元郵票

407
台中市工業區30路1號
晨星出版有限公司
電話：04-23595820 傳眞：04-23550581

請沿虛線摺下裝訂，謝謝！